AF471426

MÉMOIRES
SUR DIFFÉRENS SUJETS
RELATIFS
AUX SCIENCES ET AUX ARTS,

PAR M. DE PUYMAURIN,

Ex-Législateur, nommé Candidat au Corps législatif par l'Assemblée électorale du département de la Haute-Garonne, Membre de plusieurs Académies.

A TOULOUSE,

Chez J.[n]-M.[eu] DOULADOURE, Impr.[r] de la Préfecture.

Et A PARIS,

Chez ARTHUS-BERTRAND, Libraire, rue Haute-feuille, N.° 23.

AVRIL 1811.

DE LA FABRICATION DES VINS
EN ANGLETERRE,

Et du préjudice qu'elle porte à la consommation des vins de France ;

Par M. DE PUYMAURIN, *nommé Candidat au Corps législatif par l'Assemblée électorale du département de la Haute-Garonne.*

LA consommation des vins de France était très-considérable en Angleterre, lorsque la Guienne et les autres contrées du midi de la France étaient sous la domination des Rois d'Angleterre. Les victoires de Charles VII ayant chassé les Anglais du territoire français, les relations de commerce entre les deux nations furent moins fréquentes, et la consommation du vin de France diminua. Elle devint de la plus grande importance pour notre agriculture, lorsque Charles II remonta sur le trône. Le long séjour en France des partisans de ce Prince qui l'avaient accompagné dans son exil, les avait familiarisés avec cette excellente boisson ; ils n'eurent pas de peine à la faire adopter par leurs compatriotes. La bonne qualité des vins de France et la modicité des droits en assurèrent le débouché jusques à la révolution qui plaça Guillaume sur le trône des trois royaumes. Les impôts nécessaires pour soutenir les guerres qu'elle occasionna, furent assis principalement sur les vins de France; leur cherté et la difficulté de s'en procurer donnèrent à des spéculateurs l'idée d'une fabrication de vins. *Francis Chamberlayne* obtint en 1693 une patente qui lui donnait le droit exclusif de fabriquer du vin pendant quatorze ans dans l'étendue des trois royaumes. Il est spécifié dans cette patente que les vins fabriqués par *Chamberlayne* étaient de bonne qualité, et avaient passé la ligne sans éprouver aucune altération.

Cette fabrication s'étendit dans les trois royaumes, mais elle n'eut jamais lieu que dans des établissemens obscurs, ou chez des marchands de vin, qui cachaient leur fabrication avec autant de soin que leurs procédés.

En 1780 la fabrication des vins devint un objet d'industrie nationale, reconnu et encouragé par le Gouvernement. Des manufactures furent établies dans de vastes emplacemens appropriés à cet objet; leurs propriétaires prirent des licences, et payèrent des droits sur leur fabrication. Une grande partie des vins de toute qualité qui se consomment en Angleterre, se fabriquent à Londres ou dans d'autres établissemens répandus dans les trois royaumes.

Voyageant en Angleterre en 1788 pour étudier les procédés des arts inconnus en France, je liai connaissance avec un riche négociant en vins, dont l'associé me procurait l'entrée dans les différens ateliers. Je le félicitai de ce que le traité de commerce conclu entre la France et l'Angleterre avait augmenté ses richesses par le débit immense qu'il devait faire des vins de France. Il me répondit que ce traité avait ruiné la France sans augmenter sensiblement le débit de ses vins, ce qui était dû à deux causes ; la première, à la diminution des droits sur les vins de Portugal ; et la seconde, à la fabrication des vins en Angleterre. Il me dit de plus que le ministère français ignorant cette fabrication, n'avait pas demandé qu'elle fût assujettie à des droits considérables ; ce qu'on lui aurait volontiers accordé, tant on désirait conclure ce fatal traité de commerce. Cette fabrication était devenue depuis quelque temps un objet très-considérable, et on croyait que le tiers des vins consommés en Angleterre se fabriquait à Londres ou dans d'autres villes. Il m'offrit de me faire voir le lendemain une de ces fabriques appartenant à M. *Beaufoy*, membre du parlement, et placée à Southwarck. Ayant accepté son invitation, je fus introduit dans cette fabrique.

J'y vis une superbe brasserie, et de vastes cours couvertes de tonneaux exposés au soleil : c'était dans le mois de juillet.

Au milieu d'une de ces cours, étaient placées trois tours rondes de la forme et de la hauteur des moulins à vent du midi ; entre ces trois tours était pratiqué un escalier élégant, qui conduisait à la partie supérieure de ces tours, recouverte en forme de kiosque, et entourée d'une galerie.

Ces tours étaient construites avec de gros madriers de chêne contenus par des cercles de fer d'un pied de diamètre et de 15 lignes d'épaisseur. Je montai sur le plancher qui recouvrait ces tours, je reconnus qu'il était fabriqué avec des poutres de chêne contenues par de fortes barres de fer ; au milieu était pratiqué un trou d'un pied de diamètre, qui pouvait aisément se fermer. C'est par ce trou que l'on projetait dans ces tours-tonneaux des raisins secs de (1) Corinthe au tiers de leur capacité, on achevait de les remplir avec de la bière fabriquée dans la brasserie voisine : cette bière n'avait pas fermenté, et conservait une saveur sucrée. La fermentation spiritueuse s'établissait dans ces tonneaux, et au bout de trois ou quatre mois, on retirait de chacun environ 800 barils d'un vin blanc assez bon, appelé *Cherry*. Tous les marchands de vin venaient se pourvoir à un prix modique de cette production de l'art, et en faisaient à loisir des vins du Rhin, d'Espagne, de France, etc. Le vin muscat que je goûtai et qui me parut bon, se fabriquait dans un bâtiment attenant la brasserie ; des jauges de verre plongées chaque jour dans le liquide en fermentation, suspendues et numérotées, indiquaient par leur transparence et leur précipité l'état et la situation de la liqueur en fermentation. Dès que les tonneaux étaient à peu près vides, au mois de mai, on versait sur le résidu de la bière déjà fermentée, et le mélange passant aisément à la fermentation acide, on en remplissait les tonneaux que je voyais exposés au soleil ; ce qui fournissait à l'excessive consommation du vinaigre de la marine anglaise.

Quand le *Cherry* a passé par toutes les différentes manipulations des marchands de vin, il se consomme dans les tavernes de Londres et du reste de l'Angleterre. Les Anglais, comme lés autres peuples du nord, ne boivent que des vins mutés, c'est-à-dire pré-

---

(1) On y mêle quelquefois des navets coupés par morceaux, et autres substances végétales qu'on laisse fermenter, et on a soin de tenir ouvert le trou supérieur, pour éviter une trop grande accumulation de gaz, et les accidens qui en pourraient être la suite.

parés avec le soufre. Après que les buveurs en ont bu quelquesbouteilles, leur gosier et leur palais subissent une diminution de sensibilité causée par l'acide sulfureux, et il leur est impossible de reconnaître les vins fraudés. C'est ce moment que les cabaretiers anglais saisissent pour présenter leur cherry déguisé en vin de France ou d'autres pays, etc. Il leur coûte environ deux schellings la bouteille, ils la font payer six ou sept. J'ai été obligé d'insérer ces détails pour prouver l'existence d'une fabrication qu'aucun de nos écrivains politiques n'a soupçonnée, et dont l'existence porte pendant la paix un coup funeste à notre agriculture, et fournit pendant la guerre un moyen sûr de se passer de nos vins, et de remplacer les vins de Portugal dans le moment où les ports de cette Puissance vont être fermés à l'Angleterre.

Il existe en Angleterre plusieurs fabriques en grand dans le genre de celles de *Beaufoy*, qui fabriquent plus de vingt mille tonneaux de vin et autant de vinaigre.

D'après les tableaux des recettes des revenus de l'État, insérées dans l'annual register, les cinq fabriques suivantes déclarèrent la quantité suivante de vin fabriqué, sans compter celui qui fut vendu en fraude, ou fabriqué dans le reste de l'Angleterre.

Annual register 1793, page 60.		En 1790.	En 1791.	En 1792.	En 1793.
	James et Comp.e. .	1,820.	4,426.	4,119.	2,564.
	Beaufoy et Comp.e	377.	3,049.	3,537.	1,938.
	Faulkner.	735.	2,312.	2,530.	1,842.
	Walchan.	»	610.	668.	1,052.
	Dowler.	157.	257.	244.	291.
		3,089.	10,654.	11,098.	7,747.

Total, trente-deux mille cinq cent quatre-vingt-huit barils, qui font huit mille cent quarante-cinq tonneaux de France. Les droits de licence et de consommation ne se montèrent qu'à la somme de trente mille deux cent trente-six livres sterling. Les tableaux de recette et de dépense, publiés en Angleterre, et aussi authentiques qu'exacts, vont nous donner la différence énorme qui existe entre les droits payés par les vins fabriqués et ceux qui viennent du continent, et la quantité exacte de ces derniers qu'on consomme dans l'Angleterre et l'Écosse, sans y comprendre l'Irlande.

Je prendrai pour exemple l'année 1792, où l'avantage du change et la paix donnaient aux Anglais la plus grande facilité d'acquérir nos vins, et l'année 1794, où, malgré la guerre, l'avantage du change et la facilité d'employer des vaisseaux neutres, leur permettaient de s'en procurer avec la plus grande facilité.

Annual register 1792.

Vins étrangers consommés en Angleterre et en Écosse en 1792 et en 1794.

	1792	*valeur du vin.*	*Droits.*
Vin de France	1,617 tonneaux.	40,152 l. sterl.	45,472 l. sterl.
— Canarie. . . .	158.	5,384.	2,261.
— Madère. . . .	1,252.	26,728.	23,188.
— Portugal. . .	26,938.	667,184.	481,984.
— Rhin.	139.	4,175.	4,719.
— Espagne. . .	5,395.	118,691.	97,187.

Annual register 1795.

1794.	*Droits levés sur les vins.*
Vin de France (*a*).	11,107 l. sterling.
— Canarie.	1,326.
— Madère.	10,203.
— Portugal.	429,936.
— Rhin.	1,259.
— Espagne.	87,539.

(*a*) En 1794 il ne se consomma en Angleterre, d'après le tarif des droits, qu'environ quatre cents tonneaux de vin de France, le quart de celui consommé en 1792. Le vin de Portugal n'éprouva qu'une diminution d'un huitième.

On voit d'après ces tableaux, qu'en 1792 la valeur du vin de France importé en Angleterre malgré la liberté de commerce qui existait entre les deux Etats, ne montait qu'à quarante mille cent cinquante-deux livres sterling, à peu près huit cent mille livres ; les droits montèrent plus qu'à sa valeur, c'est-à-dire à 45,477 liv. sterling, équivalant à un million de nos livres. Il faut observer que le droit étant uniforme, et ne distinguant pas les qualités, on ne porte en Angleterre que des vins de première qualité, qui valant plus que l'estimation présumée, peuvent supporter cette énormité de droits. Ces vins avaient dû être payés en France trois millions. Ces 1617 tonneaux de vin ne furent pas tous consommés en Angleterre, puisque d'après le registre de réexportation, *annual register*, *p. 126*, il en fut réexporté 337 tonneaux.

Par le fameux traité de commerce de l'Angleterre avec le Portugal au commencement du dix-huitième siècle, cette dernière puissance sacrifia ses manufactures et son agriculture en graines céréales, au désir de vendre avantageusement le produit de ses vignes, et c'est de ce moment qu'a commencé en Angleterre, cette excessive consommation du vin de Portugal : aussi voyons-nous qu'en 1792, il s'y consomma 27,000 tonneaux de vin de Porto, à peu près douze fois autant que de vin de France. Les Anglais aiment en général un vin qui ait de la force, de la liqueur, tels que les vins de Porto et d'Espagne, et ils abandonnent aux gens du premier rang et aux riches, les vins des premiers crus de France. Quand les relations commerciales seront rétablies entre les Français et les habitans de la Grande Bretagne, nous devons espérer que Sa Majesté impériale exigera que les vins de France soient traités aussi favorablement que ceux de Portugal et des autres pays, et que les vins fabriqués en Angleterre soient chargés des mêmes droits que les vins du continent. Si M. *de Vergennes* avait connu, lors du traité de commerce, l'existence des manufactures de vin en Angleterre, et qu'il eût exigé cette taxe sur ces manufactures ou même leur destruction, le ministère anglais y aurait consenti. *Pitt* s'en était expliqué en plein parlement, et avait appelé leurs propriétaires des empoisonneurs publics.

État de la quantité de tonneaux de Vin importés en Angleterre et en Ecosse (non compris l'Irlande) pendant l'année 1792.

		Droits.	le tonneau.		
Vin de France	1,617 tonneaux.	45,472 l. sterl.	28 l.	2 sch.	5 d.
— de Canarie.	158.	2,261.	14.	6.	2.
— de Madère.	1,252.	23,188.	18.	10.	4.
— de Portugal	26,938.	481,984.	17.	17.	10.
— du Rhin. . .	139.	4,719.	33.	18.	11.
— d'Espagne. .	5,395.	97,187.	18.	»	3.
Le vin fabriqué à Londres.	2,774.	7,559.	2 l.	14 sch.	1 d.

Les droits payés par les vins de Portugal, de France, et ceux fabriqués en Angleterre, sont dans les proportions suivantes :

Les vins fabriqués en Angleterre, payent par tonneau.	2 l.	14 sch.	1 d.
Celui de Portugal.	17.	17.	10.
Celui d'Espagne.	18.	»	3.
Celui de France.	28.	2.	5.

État du nombre de quintaux de Raisins secs importés en Angleterre en 1792 ; ils sont employés en partie à la fabrication du Vin.

Noms des Raisins.	quintaux.	valeur.	droits.
Raisins secs de Denia. . . .	50,576. . . .	27,616. . . .	17,912.
——— de Faro.	2,108. . . .	1,159. . . .	843.
——— de Lexia.	33,333. . . .	25,356. . . .	13,357.
——— de Lipari. . . .	10,311. . . .	6,144. . . .	4,255.
——— de Smyrne. . .	7,049. . . .	3,111. . . .	4,023.
——— de Solis.	30,402. . . .	25,225. . . .	28,431.
	133,839.	90,911.	68,819.

NOTICE HISTORIQUE
SUR LA FABRICATION
DE LA FAÏENCE EN ANGLETERRE.

LA Hollande était le seul pays de l'Europe où l'on fabriquât de la poterie de terre blanche, vulgairement appelée terre de pipe. Les Hollandais achetaient cette terre dans un village situé sur le bord du Rhin, vingt lieues au-dessus de Francfort. L'économie de leur fabrication, la beauté de leur poterie, et sa solidité, leur en assuraient un débit exclusif dans toute l'Europe. Quand le fameux *Olivier Cromwell*, protecteur des trois royaumes, déclara la guere à la Hollande, un des vaisseaux de guerre de cette Puissance qui croisait le long des côtes de l'Angleterre, fit naufrage sur celle de Sussex. Tout l'équipage périt, un seul matelot se sauva sur le rivage; demi-nu, errant dans l'intérieur du pays, il vola un manteau placé au soleil sur une haie. Arrêté bientôt après, il fut conduit comme voleur chez le Juge de paix. Celui-ci touché de compassion pour ce malheureux matelot, lui accorda la liberté, et l'employa à la culture de ses terres. Ce matelot faisant un fossé, reconnut la terre qu'il en retirait pour être de la même qualité que celle dont on fabriquait la poterie de Hollande. Il en avertit son bienfaiteur; celui-ci après un mur examen, en chargea un vaisseau, et envoya le matelot vendre cette cargaison en Hollande : elle y fut achetée 5000 livres sterling. L'industrie nationale s'empara bientôt de cette nouvelle branche de commerce. On attira en Angleterre des ouvriers hollandais, qui y portèrent leurs procédés, et donnèrent la plus grande perfection à cette poterie.

Il lui manquait encore cette blancheur et cette solidité qui caractérisent la faïence anglaise. Un heureux hasard fit connaître aux fabricans anglais le silex calciné, dont le mélange avec l'argile blanche forment la base de la faïence qui se fabrique actuellement en Angleterre.

Un potier de Staffordshire s'aperçut en allant à Londres en 1690, que son cheval avait une tache sur l'œil gauche; le valet d'écurie, pour la faire disparaître, fit calciner un morceau de silex, le réduisit en poudre blanche, qu'il souffla sur l'œil du cheval. Le potier prit une petite provision de cette poudre pour continuer le remède ordonné, et en conserva à son retour une partie; sa grande blancheur l'engagea à la mêler avec l'argile qu'il employait dans sa poterie. Cet essai lui ayant réussi, il fit calciner des silex, et continua ces mélanges en secret; mais ce genre de fabrication fut bientôt connu, et l'emploi du silex calciné et broyé devint général. On broya long-temps le silex à force de bras; mais la quantité d'ouvriers dont le silex calciné et réduit en poudre causait la mort, obligea les fabricans d'employer des moulins, mus ou par l'eau ou par le secours des chevaux. On reconnut qu'en employant des outils de fer, les particules ferrugineuses qui se mêlaient avec le silex, altéraient la couleur de la poterie; on n'employa plus que des meules de moorstone ou granites, que l'on remplaça par une pierre dure appelée *Chert*, dont on découvrit une carrière considérable près de Bakewall dans le Derbyshire. Cette pierre est excessivement dure, et se rapprochant du genre du silex, les particules qui s'en détachent ne peuvent altérer la qualité de la poterie. On peut juger de l'importance de la fabrication de la poterie anglaise, quand on saura qu'il s'extrait annuellement de ces carrières environ 10,000 quintaux de cette pierre meulière, destinée pour les seules fabriques de faïence, et elle se vend à raison de 8 schellings les 20 quintaux : elle appartient au Duc de Rutland.

La poterie de silex ou *flint vhite stone ware* est faite dans le Staffordshire, d'après le procédé suivant.

On dissout et on agite dans l'eau avec soin de la belle argile blanche ; par ce procédé les parties les plus fines de l'argile restent suspendues dans l'eau ; tandis que les parties siliceuses et grossières se précipitent au fond, on passe cette dissolution, qui a une consistance de crême, dans des tamis de crin, et de forte gaze de différens degrés de finesse. La terre est alors préparée au point nécessaire pour être mêlée avec le silex. Les seules poteries du Staffordshire emploient annuellement 5000 tonneaux de silex, qu'elles tirent du côté de Hull. Chaque tonneau pèse 20 quintaux ; ce qui suppose l'emploi de 20 à 24 mille tonneaux d'argile. On délaye et on agite dans l'eau le silex calciné, on passe la dissolution dans des tamis comme l'argile ; le mélange en diverses proportions du silex ainsi préparé avec l'argile, constitue les différentes espèces de poterie. On conçoit aisément que chaque fabricant a son secret et son procédé particulier.

Quand le mélange de l'argile avec le silex est parfaitement combiné, on le met sécher dans une étuve jusques à ce qu'il acquière assez de consistance pour être battu, pétri, et former une pâte que l'on puisse placer sur la roue. Les poteries étant séchées lentement, et parfaitement réparées, on les met dans des *seggars* ou gazettes faites d'argile réfractaire, percées de trous par les côtés. On place ces *seggars* ou gazettes les uns sur les autres dans un fourneau, on les chauffe vivement pendant 48 heures; c'est alors qu'on vitrifie la surface des vases par le moyen du muriate de soude ou sel marin. On projette cette substance saline dans le fourneau par des trous placés dans la partie supérieure; dans le moment il est volatilisé par l'excessive chaleur du fourneau, et s'élève en fumée épaisse qui, pénétrant dans les *seggars* ou gazettes par les trous placés dans leurs faces latérales, s'attache à la surface rouge à blanc des poteries, les vitrifie, et leur donne cette belle couverte ou émail inaltérable qui distingue la faïence anglaise.

Deux Hollandais établis dans le Staffordshire employèrent les premiers cette méthode; leur secret fut découvert il y a 80 ans, parce que l'épaisse fumée qui s'élevait de leur atelier faisant craindre les suites affreuses d'un incendie, les Magistrats et le peuple forcèrent la porte, et les surprirent dans l'opération de projeter le sel marin, pour vitrifier la surface de leur faïence.

La faïence jaune ou de la Reine est faite avec les mêmes matières que la faïence ordinaire, mais dans différentes proportions, et la couverte est différente. Le mélange est ordinairement de 4 mesures de crême de silex pulvérisé, sur 18, 20 ou 24 d'argile délayée de la même façon. Au reste ces proportions varient selon la qualité de l'argile employée, qui varie souvent, quoique retirée de la même carrière; de sorte que les ouvriers ne sont jamais sûrs de la proportion du mélange du silex avec l'argile qu'après une première fournée. Si on mêle trop de silex avec l'argile, la faïence au sortir du four se fend, et s'il n'y en a pas assez, la vapeur du sel marin ne peut vitrifier la surface d'une manière uniforme. L'émail produit par le sel marin n'est pas aussi agréable à la vue que la couverte de la faïence jaune ou de la Reine : celle-ci est faite en mêlant dans l'eau en consistance de crème 112 livres de céruse, 24 livres de silex calciné et broyé, et 6 livres de Flintglass. Certains fabricans n'emploient pas le Flintglass, et mêlent seulement 80 livres de céruse avec 20 livres de silex. Avant de tremper les vases dans ce mélange suspendu dans l'eau en forme de crème, de céruse et de silex, on leur fait subir une légère cuisson ; ils absorbent alors l'eau surabondante, et leur surface se couvre d'une manière égale de ce mélange de céruse et de silex. Exposées de nouveau à un grand feu, ces substances se vitrifient, et forment la couverte ou vernis de la faïence ; la céruse ou blanc de plomb la produit en entier, le plomb étant de toutes les substances connues, celle qui exposée au feu se vitrifie le plus aisément dans les substances avec lesquelles elle est mêlée, ou sur la surface desquelles elle est appliquée. Le silex y est mêlé pour empêcher le verre du plomb de couler trop vîte, lui donner de la consistance, et l'empêcher de couler le long des parois du vase. En mêlant diverses chaux métalliques, on peut varier les couleurs de ces couvertes ; celle de la poterie noire de Nottingham est faite avec 21 parties de céruse, 5 de silex calciné, et 3 de manganèse.

NOTICE
SUR LE PASTEL
(*ISATIS TINCTORUM*),
SA CULTURE
ET LES MOYENS D'EN RETIRER L'INDIGO.

Hæc planta multò meliùs tingit quàm indigo.
(Ray, *Hist. plant.* Londres, 1686).

Étant impossible de faire de bonnes couleurs sans de bonnes drogues, et la France nous en pouvant fournir de meilleures, il est nécessaire de donner les moyens qui peuvent contribuer au commerce des bonnes drogues que la France peut produire, afin que ses peuples s'emploient utilement à leur culture, et en retirent les fruits dont les étrangers et notre aveuglement nous privent. (*Instruction sur les Teintures*, §. 256.)

PREMIÈRE PARTIE.

Astruc, Hist. nat. du Lang. Mathiole sur Dioscoride. Theophrastus Eresius. Pline. liv. 27, chap. 1.

Cette plante du genre de la tètra dinamie siliqueuse et de la famille des crucifères, est indigène sous presque tous les climats de l'Europe, en Italie, en Angleterre, dans le ci-devant Piémont, dans la Turquie, en Autriche, à Corfou, dans le Calvados, dans la Belgique, dans les départemens de Vaucluse, du Tarn, Haute-Garonne, Aude, etc.

Les Grecs l'appelaient *ισατις ημηρος*, *isatis*;

Les Romains, de son nom celtique *glass*, *bleu* (glastum sativum);

Les Allemands, *waid;*

Les Anglais, *woade;*

Les Italiens, *guado* (1);

Les habitans de Corfou, *vafi*, teinture;

Les Polonais, *silito;*

Les Français, *guesde*, *wouede;*

Les habitans du midi de la France et les Espagnols, *pastel.*

C'est sous ce dernier nom qu'est connue la pâte que l'on fabrique avec ses feuilles et qui sert à la teinture en bleu.

Le pastel a la racine pivotante, assez grosse, et pourvue de fibriles.

Elle est fusiforme et bisannuelle; sa tige est haute de trois ou quatre pieds, velue, très-rameuse; les feuilles alternes, presque glabres; les inférieures, petiolées, lancéolées et fort grandes; les supérieures, amplexicaules et sagittées; les fleurs, jaunes, disposées en panicules à l'extrémité des tiges et des rameaux, et chacune composée d'un calice de quatre folioles, d'une corolle de quatre pétalles, de six étamines, dont deux plus courtes, d'un ovaire supérieur surmonté d'un style à stigmate épais; le fruit est une félicule en cœur allongé, monosperme, à deux valves carinées. Cours d'agricult. de Déterville.

Le pastel fournit un excellent fourrage aux brebis pendant l'hiver (2); il résiste à ses rigueurs, et il vé- Feuille du cultivateur, n.° 2, an 3, 7 nivôse

(1) Une ville d'Italie a été appelée *Guado*, à cause de la quantité de pastel, *guado*, que l'on y cultivait.

(2) Les entrailles des brebis qui se nourrissent des feuilles de pastel se teignent en vert. Les excrémens des souris qui man-

gète pendant les plus fortes gelées, quand il est couvert de neige. M. *Boadhsh*, dans le n.° 2 de la feuille du Cultivateur, 7 nivôse de l'an 3, le regarde comme un des fourrages verts les plus utiles à donner aux brebis pendant cette saison; il prétend que le sel nitreux (1) que le pastel contient, sa saveur piquante et sa qualité d'atténuer et de diviser les humeurs, donnent au pastel le rare avantage de suppléer au sel marin que l'on devrait donner aux brebis pour les maintenir en état de santé, de force et de vigueur.

Comme remède, le pastel est regardé comme résolutif, vulnéraire et astringent; *tumores discutit, vulnera glutinat, hemorhoidon sistit, ignem sacrum, phagœdenæ ulcera putrida sanat.*

Ces qualités auraient fait reléguer le pastel dans la classe des plantes médicinales, déjà si nombreuses, s'il n'en possédait une bien plus précieuse, celle de fournir une couleur bleue que les acides et les alcalis ne peuvent altérer.

Pline, liv. 22, ch. 1.

Tous les habitans des pays où naissait le pastel avaient reconnu cette propriété; les épouses des sauvages, habitans de la Grande-Bretagne, se teignaient le corps avec le suc du *glastum*, et paraissaient noires; les Germains, selon *Ovide*, teignaient avec le pastel leur chevelure blonde, ainsi que leur visage.

Theophrastus Eresius dit : *In Neustriâ quoque Galliæ*

---

gent sa graine, donnent une couleur bleue qui sert à la peinture. *Margraaf* a trouvé sur l'isatis ou pastel, un insecte qui devient bleu en en faisant sa nourriture. Ces trois faits réunis prouvent l'influence de la fermentation, pour développer la couleur bleue du pastel.

(1) Lorsque l'on fait chauffer au rouge des feuilles de pastel, le nitre qu'elles contiennent fuse d'une manière sensible à l'œil.

et

et apud ejus provinciæ Bellocassos, glastum seritur et colitur, dilectiùs quidem in pannis tingendis........ Apud Tectosages (1) *tamen fruticosum et utile est.* Il donne les détails de sa culture et de sa fabrication tels qu'on les pratique aujourd'hui.

L'art de soumettre le pastel à la fermentation, et de teindre les étoffes avec ce qu'on appelle à présent la cuve du pastel, était connu des anciens. On se plaignait même qu'avec la craie colorée par la matière bleue retirée des fleurées de la cuve, on contrefaisait l'indigo, alors très-rare, et qui était réservé à l'usage des peintres.

Le pastel était cultivé dans toutes les contrées de l'Europe ; mais la force et la quantité de son principe colorant différait comme les sols et le climat où il était recueilli. Celui des environs de Toulouse, du Lauraguais, c'est-à-dire, l'ancienne sénéchaussée de Toulouse, qui répond aux départemens du Tarn, de la Haute-Garonne, et la partie occidentale du département de l'Aude, était regardé comme le meilleur : aussi *Dubartas* l'appelle-t-il l'herbe lauraguaise (2).

Olivier de Serres, avec sa naïveté et son exactitude

---

(1) Les habitans du Lauraguais, près de Toulouse.

(2) Quoique la fertilité des terres du Haut-Languedoc et le profit qui revenait à ses habitans de la culture du pastel, l'ait fait nommer justement le pays de Cocagne, puisque la cocagne, qui n'est autre chose que le pastel, le rendait le pays le plus heureux et le plus riche. (*Inst. sur les teintures*, page 271.)

Les Tholosains, au terroir desquels croît grande quantité de guesde, amassent la guesde par grands faisseaux, et la mettent sous le pressoir pour exprimer l'aquosité ; puis rédigent le marc par petites pastilles qu'ils font sécher et pourrir à la grande chaleur du soleil d'été, et jettent ces pastilles dans des cuves, où [illegible] les laines pour être teintes en couleur perse ou [illegible] (*Maison* [illegible]*stique de Lieubaut*, 1577, page 211.)

ordinaire, nous donne des détails précieux sur le cas que l'on faisait dans le seizième siècle du pastel recueilli dans les environs de Toulouse. Nous rapporterons ses propres expressions :

Théâtre d'agricult. d'Olivier de Serres, 6.e liv., page 2.

« La Calabre, l'Italie, principalement la Marche d'Ancône, abondent en guesde; il y en a même au territoire d'Erfurt, en Allemagne; mais par-deçà en tout ce royaume ne vient bon qu'en Lauraguais, comme les expériences réitérées de plusieurs bons ménagers le font croire, lesquels s'étant efforcés d'élever cette plante en différens endroits avec soins et observations requises du terroir, de la culture et du maniement de l'herbe, ont trouvé le pastel en provenant, si faible et si petit, que la dépense surpassant le gain, fait laisser le maniement de cette riche herbe au Lauraguais, sa patrie naturelle. *Naturellement sans moyen, le pastel fait la couleur bleue*, et par mélange avec d'autres drogues, la tanée, la noire, la violette, la grise, la verte; en somme il est employé à toutes couleurs obscures; de lui-même aussi *seul*, en causant de célestes comme plus ou moins chargées, et ce qui est notable, rend toutes les couleurs assurées et sans nul fard. Pour laquelle cause en telle réputation est le pastel parmi les teinturiers en drap de laine, comme presque *le bled* entre les ménagers, d'autant qu'ils ne peuvent se passer d'une telle drogue. C'est l'utilité du riche pastel duquel a telle cause grande trafique est faite en Europe, même en ce royaume, spécialement ez-quartiers de Tôlôso là très-bien connu. »

Ce précieux passage d'*Olivier de Serres* nous apprend que de son temps le pastel *seul* était employé pour teindre en diverses couleurs et en bleu, les draps et les étoffes de laine dont s'habillaient les simples bourgeois, comme les fastueux courtisans de *François I.*er , d'*Henri III*, et des autres souverains, connus par leur luxe et leur magnificence.

La bonne qualité du pastel du Lauraguais lui avait procuré la préférence dans tous les marchés de l'Europe, même dans les pays où on le cultivait en grand. L'état de guerre où étaient les contrées avec la France, ne paralysait point ce commerce.

Le roi *Henri II*, par son sauf-conduit, daté de Châlons, en l'année 1552, « permet à ses bien-aimés les bourgeois et marchands de Toulouse, de porter en Flandres, Portugal, Espagne, Angleterre, leur *pastel* qu'ils ont accoutumé de débiter, et cela par les vaisseaux espagnols, portugalais, anglais, flamands, sterlins (1), l'en faire conduire par eux ou leurs serviteurs. »

L'Angleterre et la Flandres, qui étaient alors les contrées de l'Europe où l'on fabriquait le plus de draps, étaient obligées de venir chercher notre pastel avec leurs vaisseaux; pourvu, disent les termes du sauf-conduit, *qu'ils ne soient aucunement armés d'armes offensives ni défensives, en payant nos droits, traite, impositions foraines et subsides à nous dus.*

Voilà quel était l'état d'humiliation où le besoin de cette précieuse denrée réduisait nos éternels rivaux, en les obligeant de venir désarmés, au milieu de la guerre la plus vive, chercher une teinture que leur sol ne pouvait leur fournir, et dont leurs manufactures ne pouvaient se passer.

Le Haut-Languedoc était, au 16.e siècle, à l'égard du reste de l'Europe, ce que Saint-Domingue a été

---

(1) Sterlins, vaisseaux de la Ligue des villes anséatiques.

avant la révolution. Deux cent mille balles de pastel, partant tous les ans de Bordeaux, attiraient dans le Toulousain le numéraire du reste de l'Europe ; les habitans de Toulouse avaient à Bordeaux des vaisseaux armés en leur nom, des facteurs dans les principales villes de l'Europe. Le riche *Bernuy* (1), qui fut une des cautions de la rançon de *François I.*er, avait acquis ses richesses dans le commerce du pastel, et les plus grandes fortunes

---

(1) Cet illustre citoyen de Toulouse ne refusa jamais des secours à l'indigence ; sa probité le rendit l'arbitre de ses concitoyens, quoiqu'il n'eût jamais étudié les lois.

Il acquit par le commerce du pastel des richesses si considérables, que pour définir un prodigue, on disait : *Il dissiperait les richesses de Bernuy*. Selon *Lafaille*, il payait lui seul le douzième des taxes extraordinaires imposées sur les habitans de Toulouse.

Son portrait était placé dans le petit consistoire du Capitole de Toulouse, avec l'inscription suivante :

Jean de Bernuy, vi-comte de Lautrec et de Senès, baron de Villeneuve, capitoul en 1534. Il était d'une très-noble et ancienne famille, originaire de Burgos en Espagne ; il acquit par le commerce des richesses immenses, qui sont passées en proverbe : il servit de caution au roi *François I.*er pour sa rançon.

Il eut, comme les *Fuggers*, l'honneur de traiter son souverain. *François I.*er, à son passage à Toulouse en 1533, dîna dans la maison de *Bernuy* (actuellement le Lycée de Toulouse). *Bernuy*, par reconnaissance, fit placer la statue de ce grand prince, de grandeur naturelle, dans une niche décorée d'ornemens, pratiquée dans le mur de face de sa cour, et il plaça son propre buste sur une petite fenêtre inférieure de l'escalier de la tour ; il fit peindre à fresque, vis-à-vis la statue de *François I.*er, un aigle entre deux salamandres : on en voit encore quelques vestiges. La statue de *François I.*er et le buste de *Bernuy* ont ésé brisés à la fin du 18.e siècle. Allié à des maisons illustres de la province, les *Darpajon*, *Clermont-de-Lodève*, *Pibrac*, *Bertier*, *Chalvet*, etc., il portait pour armes les symboles du commerce : *D'azur à deux navires flottans sur des ondes d'argent posés l'un sur l'autre à lorle de gueules chargé de huit coquilles d'argent.*

Dans les troubles religieux de 1562, les protestans et les catholiques de Toulouse cessèrent pendant quelques momens des combats qui duraient depuis trois jours, et pillèrent la maison du président *Bernuy*, fils de *Jean*, suspect par sa modération aux deux partis.

La Popelinière, témoin oculaire, décrivant ce trait de barbarie, dit qu'on voyait sortir les soldats chargés d'or et d'argent.

de cette ville tiraient leur origine de ce même commerce. *François I.*[er] mit un nouveau droit sur l'exportation du pastel en 1529; mais, sur les représentations des États du Languedoc, il le supprima. Enfin, malgré les guerres étrangères et les premières guerres de religion, le commerce du pastel en coque ou *cocagne* avait tellement enrichi les habitans du Languedoc, que pour désigner un pays riche et abondant, on l'appelait un pays de cocagne.

Quand le père de notre agriculture, *Olivier de Serres*, se complaisait dans la description des propriétés du pastel, d'une plante si utile à sa patrie, il ne se doutait pas que l'époque approchait où le Lauraguais perdrait cette partie si importante de son industrie, de son agriculture, et qu'il ne conserverait que le triste souvenir de son ancienne opulence dans la surcharge d'impositions territoriales qu'elles lui avait attirées (1).

Ce fut dans le commencement du 17.e siècle que l'indigo fut employé dans les teintures en laine par des teinturiers lyonnais. Comme on ne connaissait pas encore l'art de l'allier au pastel par une fermentation commune, les teintures qu'ils obtinrent n'eurent aucune solidité. *Henri IV*, par un arrêt de son conseil, condamna à la peine de mort, en 1609, tous ceux qui emploîraient une drogue fausse et pernicieuse, appelée *inde*. Quoique les gouvernemens de Hollande, d'Allemagne, d'Angleterre n'eussent pas le même intérêt que celui de France

(1) Les états de Languedoc assignaient tous les ans aux diocèses d'Alby et de Toulouse une somme considérable, prise sur les produits de l'équivalent (impositions sur les consommations), pour leur être employée en moins-imposé; à la révolution, l'équivalent a été supprimé; le moins-imposé n'a plus existé; la même base des impositions a été suivie, et le Lauraguais est resté surchargé.

à la prohibition de l'indigo, ils l'imitèrent, et l'ordonnance d'*Henri IV* était tombée en désuétude, lorsqu'en Angleterre cette prohibition était sévèrement maintenue.

Peu à peu l'usage de l'indigo prévalut, son emploi plus aisé et plus productif, la beauté de la couleur qu'on obtenait, sa solidité par son alliance avec le pastel, l'épargne du temps, du combustible, peut-être même l'empire de la mode, toutes ces circonstances se réunirent pour faire perdre au pastel le premier rang dans les drogues de teinture.

Le pastel ne servant plus que d'excipient pour dégager et donner de la solidité à la couleur de l'indigo, le pastel du Nord put servir à cet emploi comme celui du Lauraguais, et on ne rechercha plus ce dernier (1).

La facilité de l'emploi de l'indigo, fut cause que, n'employant plus le pastel seul, comme du temps d'*Olivier de Serres*, on perdit de vue les procédés des anciens, que l'expérience de plusieurs siècles avait consacrée pour en retirer de belles nuances, et dans ce moment peut-être n'existe-t-il pas un seul teinturier qui sût obtenir du pastel seul, une belle couleur bleue, bien unie.

L'usage du pastel étant entièrement décrédité, son prix baissa, et avec lui diminuèrent aussi les précautions prises pour la cueillette de ses feuilles, pour graduer les fermentations nécessaires pour développer son principe colorant. L'avilissement du prix entraînant celui de la denrée (2), les propriétaires mêlèrent indif-

---

(1) Le défaut du débit du pastel a fait perdre plus de quarante millions au haut Languedoc, depuis le commencement du siècle. (*Inst. sur les teintures*, page 284.)

(2) On a bien reconnu que l'indigo que les Espagnols, Génois, Anglais et Hollandais ont débité dans la France, a empêché le débit de notre pastel; mais on n'a pas voulu reconnaître que la négligence de sa culture ou de son apprêt, y ait autant contribué que le reste. (*Inst. sur les teintures*, page 285.)

féremment toutes les récoltes, commirent même dans ce mélange des fraudes punissables, et les milliers de balles de pastel qui rendaient tributaires de notre agriculture le reste de l'Europe, sont remplacés par trois mille quintaux de pastel, que l'on recueille encore dans le département du Tarn, et dont la conservation de la culture est due aux soins et au zèle de M. *Philippe Boyer*, d'Alby; faisant ce commerce de père en fils, et avec la plus grande fidélité et exactitude.

Le prix du quintal, poids de table, c'est-à-dire, 80 livres, poids de marc, est de 22 liv.; depuis cinquante ans, il a varié, depuis 16 liv. jusqu'à 36 liv. Pendant les dix-huit ans qui viennent de s'écouler, il n'a pas été au-dessous de 27 liv.

Mais écartons ce funeste tableau; un jour plus heureux va luire sur ma patrie; la culture du pastel l'enrichira de nouveau; les propriétaires retireront de cette plante l'indigo qui y est disséminé, et nos fabriques seront délivrées du tribut qu'elles payent à une industrie et à une culture étrangères. M. *Greene*, en Autriche, a retiré deux livres d'indigo par quintal, d'un pastel bien inférieur en qualité à celui du Lauraguais. Cet indigo, il est vrai, n'est pas d'une couleur aussi belle que celui de l'Amérique; mais celui qui ne s'est jamais occupé des arts que pour les éclairer par ses expériences, celui qui a si heureusement appliqué la chimie aux arts et à l'agriculture, le sénateur *Chaptal*, par un procédé particulier et très-aisé à pratiquer, a donné à cet indigo la couleur la plus brillante et l'apparence la plus flatteuse : il ne s'agit que de le laver avec l'acide muriatique, extrêmement affaibli par son mélange avec l'eau.

Que cette heureuse expérience encourage vos efforts,

habitans de la Haute-Garonne et du Tarn ; qu'une nouvelle culture vous procure une aisance qui vous est presqu'inconnue ; que l'indigo retiré du pastel remplace celui que nous achetons à nos ennemis naturels, et que les sommes immenses employées à cet achat, vivifient désormais votre agriculture et votre commerce.

Voulant vous faciliter les moyens de cultiver avec succès le pastel, j'ai traduit et extrait de différens auteurs anglais et italiens, des préceptes de culture dont nous avions perdu le souvenir. Je les ai réunis aux observations extraites de plusieurs traités français sur l'agriculture. J'ai cru devoir mettre sous vos yeux les différens procédés employés pour la fabrication de l'indigo, celui de *Dambourney* en France, et de *Greene* en Autriche pour le retirer du pastel, afin que, guidés par ces procédés, vous puissiez tenter avec succès l'extraction de la fécule de l'indigo qui y est contenue. J'y ai joint aussi un extrait de l'analyse du pastel, par M. *Chevreuil*, qui, en vous intruisant des principes contenus dans ce végétal, vous facilitera les moyens d'en débarrasser sa partie colorante : je désire que cette notice puisse vous être utile, mérite vos suffrages, et vous prouver l'amour et la reconnaissance que je conserverai toujours pour un pays qui m'est cher, dont les habitans m'ont donné des marques si flatteuses de leur estime et de leur confiance.

SECONDE PARTIE.

De la culture du Pastel. — Choix du terrain.

Dictionnaire d'agriculture Rozier 1790

On doit porter la plus grande attention à la qualité de la terre destinée à être semée en pastel.

Les terres grasses et fertiles, au premier et second degré, et les terres maigres et sablonneuses ne doivent pas être semées en pastel. Dans les premières, la plante serait vigoureuse, ses feuilles pleines de suc, mais peu pourvues de principe colorant. (1) Dans les secondes, les plantes seraient faibles, sans vigueur, et le peu de feuilles que l'on récolterait seraient altérées par les parties terreuses et sablonneuses dont elles se chargeraient, ce qui diminuerait la qualité du pastel, et tromperait également le teinturier et le cultivateur. L'Empire français est si étendu, qu'on ne peut généraliser les mêmes préceptes pour la culture d'une plante dont la qualité varie selon la différence du climat. J'ai donc traduit et extrait différens traités sur la culture du pastel, écrits en anglais et en italien. La température de l'Angleterre se rapprochant de celle du département du Calvados et de la Belgique, où l'on sème de la guesde, du pastel, et celle de l'Italie de celle des départemens méridionaux de l'Empire français, j'ai dû faire marcher de front leurs préceptes avec ceux que j'ai pu trouver dans les auteurs français, et les renseignemens que j'ai reçus du ci-devant Languedoc.

Corso d'agricoltora Firenzé. Millers Dictionary of Husbandry by Mackendish.

D'après les observations faites dans l'Albigeois, dans le Lauraguais, en Angleterre, à Florence et dans l'Italie, en Allemagne, on doit préférer pour la culture du pastel les terres de bonne qualité, mêlées de petit gravier et de petites pierres calcaires, ayant de la profondeur, parce que la racine du pastel pivote; il faut que ces terres soient exposées au soleil et dépourvues d'arbres. Si la couche inférieure était d'un sable noir, susceptible de recevoir l'humidité sans la conserver trop fortement,

(1) La terre légère ne vaut rien pour le pastel; les terres plus grasses et les médiocres sont meilleures pour le pastel; les premières donnent plus grande quantité de pastel; mais celui qui croît dans les médiocres, a plus de force et de couleur. (*Instruction sur les teintures*, page 264.)

le pastel y réussirait à merveille. Dans les pays chauds, comme à Rieti, Citta di Castello, Burgo di san Sepolcro, on choisit des terres qui, aux qualités ci-dessus exigées, réunissent celles d'être placées de manière à recevoir abondamment ces rosées des nuits d'été, si abondantes et si nécessaires dans les pays où il pleut rarement. Dans le département du Calvados et en Angleterre, on cultive le pastel dans des lieux exposés aux vapeurs qui s'élèvent de la mer.

Les défrichemens des pacages et des prairies artificielles, dans les terres qui réunissent les qualités ci-dessus exigées, sont très-propres à la culture du pastel.

En Angleterre, une race d'hommes, qu'on appelle guesdiers ou *woadmen*, s'est consacrée de temps immémorial à la culture du pastel. N'ayant point de domicile fixe, ils s'arrêtent avec leurs familles dans les pays où ils trouvent de vieux pacages à défricher, ou des terres propres à produire du pastel ; ils les afferment pour deux ans ou deux récoltes de pastel, à raison de 4 liv. st. 4 schellings, environ 100 fr. l'acre (270 pieds sur 72 de large). Leurs travaux sont évalués à 12 liv. st., et la récolte leur produit 25 liv. st. Cette culture est florissante en Angleterre, malgré la concurrence des indigos des Deux-Indes, parce que le pastel y est non-seulement employé à la teinture, mais aussi comme mordant pour l'impression des toiles, usage auquel jusqu'à présent on ne l'a pas employé dans l'Empire français.

On ne doit jamais semer le pastel dans des terres compactes et froides, et qui retiennent l'humidité ; le pastel ne saurait y prospérer.

Si on veut semer le pastel sur une terre où il existait un vieux pacage ou une prairie artificielle, il faut la défricher au mois de novembre, faire des sillons très-profonds, ayant soin de tenir les mottes de gazon enterrées pour les faire pourrir. Certains cultivateurs préfèrent écobuer la terre et brûler les gazons. Toutes terres destinées au pastel, doivent être labourées cinq fois. On doit en retirer avec soin toutes les mottes de gazon et les racines non consommées, y passer la herse au moins deux fois, et l'ameubler comme une terre de jardin. On enterre ordinairement la semence avec la herse.

Précautions à prendre pour semer le Pastel.

On sème le pastel de deux manières, à la volée, assez épais, sur des planches de quatre pieds de large, séparées par des rigoles, pour faire écouler les eaux, ou en plaçant les graines sur deux rangs, comme on sème les épinards. On ne doit pas semer sur trois rangs, parce que l'on a observé que les feuilles des plantes du milieu n'ayant pas assez d'air et de nourriture, s'étiolent, et donnent peu ou point de récolte. On garde de la graine en réserve, qu'on sème dans de petits trous, pour remplacer celle qui n'est pas née.

Isatis herba de cultura herbæ isatidis per Vollachium gotanum. Robertus Gesnerius Tigury.

On distingue deux espèces de graines de pastel, l'une violette, l'autre jaune (1) : on doit préférer la première, la seconde ne produisant qu'un pastel de qualité inférieure, appelé pastel bour ou bourdaigne ;

(1). Dans la Thuringe les habitans secouent la graine sur une étoffe de laine, et rebutent celle qui reste attachée à l'étoffe : on la conserve dans des sacs posés sur des sarmens, et on la tient à l'abri de la fumée et de l'humidité, qui lui ôterait sa qualité germinative. On choisit la semence grain par grain : ce soin est abandonné aux enfans.

ses feuilles velues se chargent de terre, et altèrent entièrement la qualité et le poids de la pâte de pastel où elles sont mêlées. Pour obtenir cette graine, après la seconde récolte de la seconde année, on ne retranche point les feuilles aux plantes destinées pour graine; elles poussent des tiges élevées qui portent des fleurs jaunes, la graine qu'elles produisent n'est mûre qu'au mois de juin suivant. On connaît sa maturité quand elle noircit et qu'elle tombe d'elle-même.

On retire la meilleure graine de Rieti, sur les confins de l'Abbruzze; c'est le seul pays où le pastel, cultivé de temps immémorial, n'a jamais dégénéré; à Citta di Castello et à Borgo di san Sepolcro, où cette culture est très-importante, on se sert de la graine de Rieti.

Le temps de la semence du pastel est ordinairement au commencement de février, en Angleterre; et dans le midi de la France, en Italie, à la fin de la lune de mars et en automne; *Miller* propose de la semer à la fin d'août : toutes ces différences de procéder tiennent à celles des climats.

On sème le guado ou pastel en Italie sur la fin de l'automne ou au commencement du printemps, on le cultive dans les plaines, sur un terrain léger, mais gras et profond.

En Piémont, dans la commune de Quiers, département du Pô, et à Castelnaro di Serivia, dans le département de Maringo, on sème le guado ou pastel dans un terrain fort compact, et d'une couleur rougeâtre. Le pastel de Quiers est le meilleur du Piémont; celui que l'on a cultivé à Yvrée, dans le département de la Doire, n'a donné qu'une couleur faible, et l'indigo obtenu était d'une couleur pâle, et sans solidité. On prépare pendant l'été la terre destinée au pastel, en lui donnant deux labours profonds avec la charrue; on la fume avec du fumier de bêtes à corne : celui du cheval ou du mulet est trop ardent.

Sur la fin d'octobre on laboure encore la terre en approfondissant les sillons ; la terre à côté des sillons doit avoir 12 pouces de largeur sur 10 de profondeur, élevée insensiblement vers le milieu pour l'écoulement des eaux dans les sillons. Vers la mi-septembre on ensemence le guado comme le froment ; pour chaque hectare on sème 9 à 10 décalitres de graines.

Quand on sème le guado au printemps, il faut attendre la fin de la lune de mars.

A Rome, pour chaque rubbio de terre, il faut un rubbio et demi de semence : le rubbio est de 37,500 palmes quarrées, et donne environ 300 quintaux de feuilles de pastel.

En Angleterre, 4 pintes de graine suffisent pour un acre qui contient 720 pieds de roi sur 72 de large.

Si on semait le pastel dans le midi de la France aussi tard que dans l'Italie, sa végétation étant plus lente, on ne pourrait point ramasser les feuilles dans les jours les plus chauds de l'année, les plus propres à les sécher et à leur faire ressuer une espèce d'humidité qui altérerait la couleur du pastel et nuirait à sa conservation. Si on le semait dans la campagne de Rome au commencement de février, il serait mûr avant l'époque nécessaire à sa préparation. *Miller* a réussi en le semant en Angleterre à la fin du mois d'août, parce que dans cette saison il y a des pluies régulières qui n'ont pas lieu dans le midi de la France, où ordinairement le mois d'août ou de septembre sont de la plus grande aridité. Cette observation démontre le danger des principes généraux en agriculture ; aussi ai-je eu soin de rapporter dans cette notice les procédés que l'on emploie dans les différens pays où l'on cultive le pastel.

Le pastel naît plus ou moins promptement, en général au bout de dix à douze jours ; les uns mettent la graine tremper dans l'eau la veille du jour où on doit la semer ; d'autres la jettent sur la neige, qui en se fondant, enterre la graine du pastel ; d'autres sèment avant une petite pluie.

Sarclage du Pastel.

Le pastel, dans les premiers jours, a l'apparence de la cynoglose ; mais au bout d'un mois ou six semaines il a acquis de la force et de la vigueur ; il jette cinq ou six feuilles qui s'élèvent, c'est alors le temps de le sarcler à la main et d'arracher les plantes parasites, les pieds du pastel trop multipliés, et sur-tout le pastel *bourdaigne*, dont le mélange, comme nous l'avons dit, serait si funeste à la pâte du vrai pastel.

Quand on a sarclé le pastel, on travaille la terre et on chausse le pastel avec de la terre meuble, afin que ses racines puissent participer aux influences salutaires de l'atmosphère. On répète cette opération aussi souvent qu'il est possible jusqu'à la récolte, et on arrachera avec soin tous les rejetons de pastel que les racines blessées par la pointe de l'outil auraient pu produire.

En semant le pastel comme des épinards, selon le procédé de *Miller*, on le sarcle plus facilement ; on diminue le nombre des pieds, de manière à ne pas les laisser vis-à-vis l'un de l'autre, et d'établir entre chaque pied une distance de six à huit pouces. En diminuant le nombre des pieds, on ne diminue pas la récolte, parce que les plantes ayant plus d'espace entr'elles, donnent des feuilles en plus grand nombre et plus fortes, que ne le feraient plusieurs plantes réunies qui languissent faute d'air et de nourriture.

On doit répéter ces sarclages aussi long-temps qu'on pourra, jusqu'à dix ou douze jours avant la récolte.

De la récolte du Pastel

On doit veiller avec soin l'époque de la maturité du pastel, c'est de cette vigilance que dépend le succès de cette culture. Ceux qui désireraient fabriquer le meilleur pastel, ne devraient pas faire la récolte le même jour, parce que les feuilles supérieures n'ont pas acquis autant de maturité que celles inférieures. En mûrissant, ces feuilles s'affaissent. Je dis qu'on doit saisir exactement le point de la maturité, parce que si on attend trop long-temps, les feuilles se chargent de taches jaunes, qui prouvent que la qualité de leur suc est altérée et qu'il a perdu son principe colorant.

Les signes de la maturité varient comme les climats des pays où l'on cultive le pastel.

En Angleterre et dans les pays du Nord, on reconnaît la maturité du pastel, quand sa feuille affaissée est dans toute sa largeur, et que sa couleur vert-bleuâtre se change en vert-pâle ;

Dans la Thuringe, à l'affaissement des feuilles du pastel et à leur odeur forte et pénétrante.

En Toscane, on met une feuille de pastel dans un linge ; on l'exprime fortement, on examine si elle donne beaucoup de suc, et quelle est sa couleur.

Dans la campagne de Rome, on reconnaît que la feuille est mûre quand elle commence à blanchir.

Dans le midi de la France, ce signe serait trompeur ; car la feuille du pastel ne blanchit que lorsqu'elle a été surprise par le brouillard. On reconnaît sa maturité à une nuance violette qui se manifeste sur les bords de la feuille, après qu'elle s'est affaissée.

On ramasse le pastel à la main, comme les épinards, ayant soin de ne pas blesser le collet de la racine qui doit donner de nouvelles feuilles. On doit faire cette opération par un temps serein, et avec un soleil assez fort pour faire rendre aux feuilles exposées à son action une humidité nuisible à la fabrication et à la conservation du pastel (1). Il faut avoir l'attention de séparer les feuilles des plantes étrangères, et sur-tout du pastel *bourdaigne*, qui aurait échappé au sarclage, et les feuilles de véritable pastel altérées par le brouillard, ou qui auraient des taches jaunes.

La chaleur plus ou moins forte de la saison décide de l'intervalle qui a lieu entre les différentes récoltes ; elle est ordinairement de trente à trente-cinq jours. On a soin après la récolte de biner la terre auprès des pieds de pastel, et de sarcler exactement. On peut faire trois récoltes de pastel de bonne qualité. En Toscane, la troisième est la plus estimée. La quatrième récolte est inférieure en qualité, et on doit la mettre à part. C'est ce qu'on appelait autrefois *marochin* ou *le petit pastel*,

---

(1) *Æstate calidâ et serenâ succo meliùs concocto ad pigmentum conficiendum nobiliùs et præstantiùs evadit. Sin inconstans tempestas minùs favet ut modò siccetur, modò imbribus irrigetur quæ liberari ab extraneo humore debebat, periculum subit corruptionis.* RAY, Historia plantarum, pag. 848.

On laisse flétrir la feuille avant de la mettre sous la roue, qui n'est que pour le faire mûrir davantage, et lui faire perdre son suc huileux qui pourrait nuire à la bonté du pastel. (Instruction sur les teintures. *Paragraphe* 261.)

dont

dont les règlemens interdisaient le mélange avec le produit des récoltes précédentes.

Dans le midi de la France et en Italie, on ramasse la feuille du pastel après le mois de septembre et jusqu'à la fin de novembre : cette feuille paraît vigoureuse; mais étant arrosée par les pluies froides de la saison, l'humidité surabondante altère sa substance. Si on tâte une feuille de pastel ramassée pendant l'été, on la trouve gonflée et pleine de suc; celle de l'automne est flasque, ne résiste point à la pression. La pâte de pastel que l'on fabrique avec ces dernières feuilles est pleine de filamens et de parties fibreuses. Il existe même des cultivateurs qui, la dernière année de la récolte du pastel, joignent à ces feuilles le collet de la racine, avec la terre qui l'accompagne, et portent le tout au moulin.

Cette fraude due à la mauvaise foi et à l'avidité du cultivateur, mérite toute l'animadversion des lois, parce qu'en trompant le consommateur, en lui vendant une pâte sans principe colorant, ils portent un coup funeste à la réputation et à la culture d'une plante aussi précieuse que le pastel.

Des paysans de la Lusace viennent dans la Thuringe faire la récolte du pastel; chaque troupe a un chef qui la dirige d'après des lois particulières, sanctionnées par les électeurs de Saxe. Les ouvriers se partagent le champ en portions égales, et récoltent le pastel en appuyant le genou à terre. Après la récolte, les chefs rassemblent les ouvriers dans des hôtelleries, où est arboré un drapeau où sont peints les attributs de leur profession, les payent, et passent avec eux trois ou quatre jours en fêtes et réjouissances.

Dans la Thuringe, on porte les feuilles du pastel récolté dans un ruisseau d'eau claire, où on les lave en les remuant avec des râteaux; on place ensuite ces feuilles sur des chariots construits de manière à laisser égoutter l'eau, et on les porte dans des prairies, où on les étend et on les fane de la même manière que le foin, mais avec précaution; trop sèches, le propriétaire éprouverait une grande perte; trop humides, les parties fibreuses ne s'écraseraient pas sous les moulins, et ne se réduiraient point en poudre, ce qui diminuerait la qualité et le prix du pastel. On a soin d'écarter les vers de terre et autres insectes, qui sont très-friands de la feuille de pastel.

On défriche le pastel en Angleterre après les deux premières récoltes de la seconde année, en laissant par intervalles des pieds de pastel; on sème le blé sur ce terrain. Après la récolte du blé, les pieds de pastel isolés poussent vivement et donnent beaucoup de graines: on a recueilli par are jusqu'à 33 hectolitres.

Préparation de la pâte du Pastel.

Lorsqu'on a ramassé les feuilles du pastel avec les précautions ci-dessus recommandées, on les porte au moulin de pastel, qui sont semblables à ceux où l'on fait l'huile de noix, et dont par conséquent il est inutile de donner la description.

La préparation du pastel date de la plus haute antiquité, et n'a jamais varié; elle consiste en différens procédés, qui tendent tous à dégager des principes qui l'enveloppent, la couleur bleue qui existe dans le pastel, par une suite de fermentation plus ou moins forte: la même routine a toujours dirigé ces opérations; aussi ont-elles été toujours les mêmes dans tous les pays difrens où l'on cultive le pastel.

On broie les feuilles sous la meule, et on en forme des masses, qui dans le midi de la France, ont depuis trois jusques à cinq pieds de longueur. En Italie, on les fait un peu fourchues en dos d'âne. On laisse ces masses à l'air et au soleil fermenter pendant deux jours, après lequel temps on les repaîtrit. On a le soin dans les intervalles d'unir la croûte supérieure, de la mouiller avec de l'urine, ou du suc du pastel qui a été exprimé sous la meule, ou avec de l'eau ; on a soin de fermer exactement les fentes, parce que la fermentation intérieure diminuerait, et qu'il se formerait des vers qui détruiraient le pastel.

On laisse ces masses ainsi exposées à l'air nuit et jour ; s'il pleut, on les couvre ; on en fait de même si le soleil est trop ardent. Au bout d'un mois on porte ces masses au moulin, où on les passe encore sous la meule, et on en forme, sur un moule en bois creusé en forme conique, des pains coniques de cinq pouces de diamètre sur dix de hauteur, pesant ordinairement trois livres. Dans le midi de la France, ils ne pèsent qu'une livre ; on les nomme *coques*, mot du pays qui veut dire gâteaux (1). On les place sur des claies élevées de trois pieds au-dessus du sol, dans un lieu sec et aéré. Les bonnes pelottes ou coques se distinguent, parce qu'elles

(1) Dans la Thuringe, ces manipulations sont confiées aux femmes et aux filles du village ; elles se font avec bruit, cris, et même quelques combats : le peuple est persuadé que sans ce tumulte et ces querelles la couleur bleue du pastel ne se développerait pas. Comme *dans les assemblées* la chronique scandaleuse du canton joue un grand rôle dans ces réunions, on appelle ces fabriques de pastel la boutique du mensonge, *mendaciolorum officina*.

ont l'intérieur violet et d'une odeur assez agréable. Celles qui sont altérées, parce que le pastel a été cueilli pendant la pluie, ont l'intérieur d'une couleur terreuse et de mauvaise odeur; les éventées et les pourries ont perdu leur substance et sont légères; c'est là que finissent les travaux du cultivateur; quand ces cônes sont secs, il les vend à la fin de décembre au négociant en gros, qui doit leur faire subir une nouvelle fermentation avant de les livrer aux teinturiers.

Pour faire cette dernière opération, il est nécessaire de travailler sur une très-grande quantité de pastel; *Astruc* indique cent milliers de pelottes pesant une livre chacune; les agronomes italiens n'indiquent pas la quantité.

La fermentation augmentant de force, en raison de la masse des matières qui y sont exposées, la nouvelle que subit le pastel achève d'en perfectionner la pâte.

On porte les pains coniques ou coques dans un magasin assez grand pour en contenir une double quantité, afin de pouvoir faire les opérations subséquentes.

On brise ces pains à coups de hache, et on place les débris en lits de trois à quatre pieds de haut, ayant une légère inclinaison. On jette (1) sur ces lits ainsi disposés, de l'eau en suffisante quantité, ou du vin, bon ou mauvais, pourvu qu'il ne soit pas aigre; car le vinaigre arrêterait la fermentation et détruirait la couleur; d'autres y jettent ce qui coule du marc de vendange.

L'expérience apprend la quantité de liquide qu'il faut

(1) A Erfurt, on fait subir au pastel la même préparation qu'en Italie; on y jette de l'urine, du vin, de l'eau de brou de noix; quelquefois les grands froids suspendent la fermentation : on la rétablit en plaçant au milieu du tas un fourneau de fer rempli de charbons allumés.

jeter pour exciter la fermentation ; elle donne une chaleur (1) égale à celle de la chaux en pierre que l'on éteint. Cette fermentation extraordinaire achève de détruire les parties étrangères qui altéreraient la couleur bleue du pastel, et l'empêcheraient de se dégager.

Au bout de huit jours, on renverse ces tas et on les arrange de nouveau, de manière à placer au-dessous du tas le pastel qui était au-dessus du premier : on les arrose de nouveau pour exciter la même fermentation ; cinq ou six jours après, on le défait de nouveau, et on le remue tous les jours pendant un mois ; ensuite, d'un jour entre autres, on met plus de distance entre ces opérations, jusqu'à ce qu'on s'aperçoive que le pastel est entièrement refroidi : il est alors propre à l'usage des teinturiers ; si on le garde en magasin, il faut le remuer de temps en temps, comme on en use pour le blé. Le pastel, en vieillissant, augmente de qualité, parce que la fermentation insensible a débarrassé la partie colorante des principes étrangers dont elle était enveloppée.

« Le bon pastel augmente toujours de force et de substance pendant six et sept, voire jusqu'à dix ans, s'il est du meilleur. » (*Instruction sur les teintures*, § 133.)

Le pastel dans cet état est livré aux teinturiers ; c'est avec ce pastel qu'ils montent ce qu'on appelle la cuve de pastel, dont la conduite exige les talens d'un véri-

---

A Mettsbourg on traitait comme le pastel une espèce de grande centaurée, dont on retirait une couleur bleue.

(1) *Tandem aquâ effusâ magis intenditur calor donec non in cineres, ut quidam volunt, sed pulverem grossum tinctorum usibus aptum fatiscat; quod hinc glastum* Κατάξερον, *seu præparatum audit.* (Ray, Histor. plantarum, pag. 843.)

table guesderon ; et l'explication des phénomènes qu'elle présente, les connaissances les plus étendues.

Il existe cependant dans l'Empire français des cultivateurs qui ont de tous les temps cultivé le pastel, et qui, sans aucune connaissance préliminaire de la teinture, teignent avec ses feuilles les étoffes grossières qu'ils tissent avec la laine de leurs troupeaux.

Les paysans de l'île de Corfou cultivent le pastel sur des terrains fertiles et pas trop compactes, ou dans des pacages nouvellement défrichés ; ils l'appellent en leur langue *vafi* (teinture), parce qu'ils l'emploient pour teindre les étoffes destinées à leur usage et à celui de leurs femmes.

Le procédé qu'ils suivent est d'autant plus intéressant à connaître, qu'il fournira les moyens à nos cultivateurs d'économiser les frais énormes que leur coûte la teinture de leurs étoffes grossières ; elles absorbent beaucoup de matières colorantes, et le prix des teintures et apprêts en excède la valeur (1). Le riche pourra rechercher les nuances les plus vives, les plus chères, mais le pauvre aura sa teinture qu'il pourra faire auprès de son modeste foyer. Je tiens ce procédé de mon estimable collègue, M. *Botta*, membre du Corps législatif, Médecin de première classe de l'armée d'Italie, auteur de plusieurs ouvrages intéressans, entr'autres de l'*Histoire naturelle et médicale de Corfou*, imprimée an l'an 7, à Milan.

Quand la plante est en fleur au mois de juin, les cultivateurs de Corfou coupent les feuilles ; ils ôtent

(1) Dans plusieurs provinces de l'Empire, la couleur bleue est un objet de luxe pour les habitans de la campagne, et ce n'est que le prolétaire qui porte des habits tissus avec la laine provenant des toisons des brebis noires.

avec soin les tiges et les côtes de la feuille. On pile les feuilles, ainsi tirées, dans un mortier, ou on les écrase entre deux pierres bien unies ; on fait sécher cette pâte avec précaution au soleil, et chaque ménage en garde sa provision.

Quand ils veulent teindre les serges qu'ils fabriquent avec la laine de leurs troupeaux, ils mettent cette pâte dans un baquet, et l'arrosent avec de l'eau ; peu à peu le mélange s'échauffe et fermente vivement ; ils y ajoutent peu à peu de l'eau et de la lessive de cendres, mais faible. (1) Plus forte, elle détruirait le tissu de la laine ; la fermentation augmente au point que la dissolution acquiert tous les caractères de la putréfaction ; elle exhale une odeur infecte, et, si on la laisse reposer, il s'y engendre des vers. L'expérience a appris que c'était le moment où la teinture a le plus de force. On plonge dans cette dissolution les étoffes que l'on veut teindre ; on les y laisse huit jours, pour leur donner le temps de prendre une couleur égale. Elles prennent une couleur bleu turquin qui ne change jamais. Cette couleur est, pour les paysannes de l'île, un objet de luxe, à cause du prix du pastel qui vaut 5 fr. argent de France, par mesure de trente livres pesant.

Ce procédé nous offre plusieurs circonstances intéressantes ; la première, c'est le retranchement des parties fibreuses des feuilles de pastel ; la seconde, c'est l'emploi de la lessive alkaline, pour dégager la couleur : nos teinturiers emploient la chaux éteinte en poudre ; la troisième, c'est qu'à Corfou, on saisit le moment où

---

(1) En Toscane, les paysans emploient de la chaux avec le pastel pour teindre leurs étoffes.

la dissolution du pastel est presqu'en putréfaction pour teindre les serges, tandis que lorsque les cuves de pastel avec indigo, ont cette odeur nauséabonde, elles ne donnent plus de fleurée, ni de couleur ; elles sont ce qu'on appelle rebutées, et on ne peut les guérir qu'en y jetant de la chaux en poudre, qui arrête la putréfaction, et rétablit le dégagement du principe colorant ; la quatrième, c'est la teinture des étoffes sans avoir été dégraissées. Les expériences de M. *Rouart* ont démontré que la laine en suint, non-seulement acquérait une très-belle couleur bleue, mais qu'elle conservait beaucoup plus de douceur au toucher que la même laine dégraissée, teinte dans la même cuve.

En suivant cette méthode, on pourrait teindre les draps pour habiller les troupes en bleu très-foncé, sans employer de l'indigo ; il s'agirait seulement de teindre le drap qui aurait le pied de bleu, du seul pastel dans un bouillon de bois de campêche et de sulfate de cuivre et alun sur lequel on verserait de la dissolution d'étain. Ce moyen a été employé en grand, en 1793 et les années suivantes, pour teindre en bleu de roi foncé des draps qui avaient eu un pied de bleu céleste un peu foncé à la cuve de pastel indigo ; non-seulement cette couleur est solide et ne déteint point, mais elle pénètre l'intérieur du drap qui ne conserve point la tranche blanche, comme le font les draps teints en pièce. On les dégorgeait ensuite au foulon. Il en a été teint de cette manière de mille ou quinze cents pièces, et il n'y a jamais eu de plainte sur leur usage ; la couleur n'avait pas la vivacité et le brillant de celle obtenue par la cuve de pastel et indigo, mais l'intérieur du drap étant pénétré, le drap ne blanchissait jamais par l'usage, comme il arrive aux draps teints en pièce, qui ont conservé la tranche blanche dans l'intérieur.

TROISIÈME PARTIE.

De l'extraction de l'indigo contenu dans le Pastel.

Le but de cette notice est non-seulement de réunir dans un seul corps toutes les méthodes de culture et de préparation du pastel, dispersées dans plusieurs traités d'agriculture écrits dans diverses langues, mais aussi de donner aux propriétaires les moyens d'abandonner l'ancienne méthode de fermentation du pastel, pour en retirer à moins de frais, et plus promptement, la fécule colorante ou indigo qui est disséminé dans toutes ses parties. En conséquence, je vais rapporter non-seulement les expériences et procédés d'*Astruc*, de *Dambourney* et de *Gréene* qui ont tous retiré de l'indigo du pastel, mais aussi les moyens dont on se sert à Malte et en Asie, pour retirer l'indigo de l'anil indigofère. En calculant ces différens procédés et la différence des climats, un observateur habile pourra en trouver un nouveau plus approprié à notre culture et à nos moyens. Alors les vues élevées et bienfaisantes de l'Empereur des Français seront remplies, et nous n'irons plus acheter aux nations étrangères une drogue de teinture si nécessaire à notre industrie, que notre sol pourra nous fournir.

L'avantage des propriétaires se trouvera réuni à celui de l'Etat, puisqu'en retirant l'indigo du pastel, ils doubleront leur revenu. L'indigo étant nécessaire à tous les genres de teinture, sa vente sera indéfinie et assurée, tandis que celle du pastel est nécessairement bornée aux besoins des *guesderons*, teinturiers en laine.

Il est aisé de démontrer l'augmentation du revenu des propriétaires ; il faut au moins cinq quintaux de pastel en herbe pour produire un quintal de pastel en coques. D'un quintal de pastel inférieur, sous un ciel d'une température inégale et variée, *Gréene* a obtenu deux livres d'indigo ; sous le beau ciel du Languedoc, traitant un pastel supérieur en qualité, on doit obtenir au moins le même résultat. Le quintal de pastel en coques se vend 22 fr. ; neuf livres d'indigo retirées de cinq quintaux de pastel en herbe, équivalant à un quintal de coques, vaudront au moins 6 fr. la livre, c'est-à-dire, 45 fr. en temps de paix, et en concurrence avec l'indigo étranger : dans les circonstances actuelles, le produit de cette vente serait double, et les revenus des propriétaires quadruples.

Lorsque l'on propose une méthode nouvelle qui doit en remplacer une consacrée par vingt siècles d'un succès constant et uniforme, il faut démontrer non-seulement son avantage, mais sa possibilité ; peut-être même existera-t-il des personnes qui, poussant au delà de ses bornes la sage défiance que l'on doit avoir des nouveautés, nieront l'existence de l'indigo dans le pastel recueilli en France. Pour détruire leurs doutes, je rapporterai ici le résultat de l'analyse comparative faite par M. *Chevreuil*, de l'anil indigo et du pastel, *isatis*, né et recueilli à Paris. L'humidité du climat détruisant la fécule colorante, tandis que la chaleur l'exalte et l'augmente, l'existence de l'indigo dans le pastel récolté à Paris, prouvera au delà de l'évidence l'avantage que l'on aura à l'extraire du pastel de l'ancien Lauraguais.

M. *Chevreuil* analysa l'*isatis* et l'indigo anil ; il trouva dans ces deux plantes une matière animale, une verte, de la cire et l'indigo ; il le trouva dans le pastel existant également dans le suc, dans la matière verte et dans la partie fibreuse ; mais cette substance colorante ne paraît, comme dans l'anil, que lorsque la fermentation la sépare des principes étrangers qui l'enveloppent.

Le savant *Astruc*, né dans le Languedoc, a pressenti l'avantage que pourrait retirer un jour sa patrie de l'extraction de l'indigo du pastel ; il nous annonce qu'il avait réussi à en retirer une fécule bleue abondante ; il fit des expériences sur cet indigo, qui lui donnèrent les plus heureux résultats (1). Il pense qu'en préparant le pastel comme l'indigo, les couleurs que l'on en obtiendrait, réuniraient le brillant éclat et la vivacité des couleurs de l'indigo ordinaire, à la solidité et à *l'assurance* du pastel.

Hellot, à qui nous devons un excellent Traité sur la teinture des laines, a invité les chimistes à s'occuper de cette extraction ; et *Dambourney*, auteur de tant d'expériences intéressantes sur les teintures obtenues de plantes indigènes, a répondu à son appel. Il plaça dans un bacquet à moitié rempli d'eau, trente livres de guesde fraîche, pastel de la Normandie ; par la fermentation, il en obtint huit onces d'indigo : les fermentations s'opérant sur les plus grandes masses avec plus de perfection que sur les petites, il n'est pas douteux que si *Dambourney* avait opéré sur une masse de guesde plus considérable, il aurait obtenu proportionnellement une plus grande quantité d'indigo.

---

(1) Nous avons perdu malheureusement le détail de ses procédés.

Dambourney, après avoir renoncé à l'usage de prussiate de potasse pour la précipitation, a employé, comme les habitans de Corfou, la lessive de potasse; s'il avait employé comme eux cette lessive faible, au lieu d'employer la potasse caustique, il aurait obtenu une plus grande quantité d'indigo, parce que dans l'état de division où se trouvait l'indigo, il a dû être dissous facilement par la potasse caustique; l'expérience lui apprit qu'il ne fallait employer la potasse qu'au moment où la fermentation était développée et la liqueur bien colorée, autrement la potasse arrêtait la fermentation, les feuilles se pourrissaient sans donner un atome d'indigo.

Dambourney essaya cet indigo dans une cuve de guesderon; il le fit dissoudre par l'acide sulfurique: ces différentes dissolutions donnèrent aux étoffes de laine une belle couleur bleue de la plus grande solidité.

Dambourney n'a pas essayé de précipiter la fécule colorante de l'isatis par l'eau de chaux: c'est ce qu'a fait avec succès M. *Créene*, qui avait établi en Allemagne une fabrique d'indigo retiré du pastel. Nous allons copier son procédé.

On prend des feuilles fraîches de pastel qu'on lave dans une cuve de forme oblongue remplie à peu près aux trois quarts. Pour éviter que les feuilles ne surnagent, on assujettit des pièces de bois en travers; on verse sur ces feuilles assez d'eau pure pour les recouvrir entièrement, et on place le vase à une chaleur tempérée. Il se forme, suivant la température de l'atmosphère, en plus ou en moins de temps, une écume copieuse à la surface de l'eau, qui indique le commencement de la fermentation; la surface se couvre peu à peu en entier d'une peau bleue qui présente à l'œil des nuances de couleur de cuivre. Lorsqu'il y a une certaine quantité de cette écume, on soutire la liqueur, qui se trouve teinte en vert foncé, dans une autre cuve oblongue, par un robinet placé immédiatement au-dessus de son fond, ou bien l'on puise l'eau pour la mettre dans l'autre cuve. Dans l'un et dans l'autre cas, il est nécessaire de faire couler l'eau par une toile dans l'autre vase, pour séparer les ordures ou les petites portions de feuilles qui pourraient passer ; on lave les feuilles avec un peu d'eau froide pour en détacher les portions de peau colorée qui pourraient s'y être attachées, et l'on mêle cette eau de lavage avec celle qu'on a soutirée ; cela fait, on verse dans la liqueur de pastel fermentée de l'eau de chaux à raison de deux ou trois livres sur dix livres de feuilles, et l'on agite fortement pendant quelque temps cette liqueur, pour faciliter la séparation de l'indigo qui se dépose par le repos.

Pour savoir si on a continué pendant assez de temps l'agitation, on prend une portion de la liqueur jaunâtre claire dans une bouteille ordinaire, et on essaie si, en l'agitant fortement, il se sépare encore du bleu, et dans ce cas on agite encore la liqueur. Lorsqu'enfin tout l'indigo s'est séparé et s'est déposé, on soutire l'eau claire par un robinet placé à quelque distance au-dessus du fond de la cuve ou au moyen du siphon, ce qu'on doit faire sans perdre de temps.

Pour faciliter la séparation de l'eau, on peut incliner la cuve du côté du robinet, dès qu'on a cessé de remuer l'eau. On verse la couleur bleue qui reste, dans des filtres coniques de toile de lin ou dans des chausses d'*Hippocrate* ; mais comme dans le commencement il passe toujours de la couleur, on doit la recevoir dans un vase qu'on place dessous, et la réserver dans le filtre jusqu'à ce que l'eau en soit claire. On édulcore l'indigo contenu dans les filtres avec une suffisante quantité d'eau, et on le fait sécher à l'ombre ou à une légère chaleur artificielle, ayant soin de le couvrir.

On obtient de l'indigo sans l'addition de l'eau de chaux, mais beaucoup moins. Si on ajoute une plus grande quantité d'eau de chaux, on augmente, il est vrai, la quantité de l'indigo, mais il devient d'une qualité inférieure, parce que le superflu de la terre calcaire s'unit à l'indigo. Les sels alcalis facilitent aussi la séparation de la couleur bleue; mais il n'est pas avantageux de les employer, parce qu'ensuite ils en dissolvent une partie. Par l'addition d'un acide il ne se fait point de précipité.

Il faut qu'il s'écoule un certain temps avant de pouvoir soutirer l'eau qui a fermenté avec les feuilles de pastel : si on la soutire trop tôt, on n'obtient que peu d'indigo; si, au contraire, on laisse les feuilles trop long-temps en infusion avec l'eau, elles entrent facilement en putréfaction en répandant une odeur putride et volatile qui leur est propre, et dès-lors on n'en peut plus séparer de précipité, et l'eau reste constamment verte. Il en est de même de l'eau soutirée, si on l'abandonne; et même lorsque l'indigo s'est déjà séparé de la liqueur, on doit éviter que cette dernière entre en putréfaction, si l'on ne veut pas perdre l'indigo entièrement ou au moins en partie. On ne doit cependant pas trop se hâter de faire passer l'eau dans la cuve, ou on doit l'agiter à la première apparence de peau bleue, puisque c'est dans ce moment que l'eau se charge le plus d'indigo. Quand le degré de la chaleur de l'atmosphère est considérable, la fermentation s'établit très-promptement, et souvent quinze à dix-huit heures suffisent. C'est alors sur-tout qu'il faut être bien attentif pour ne pas la laisser passer à une putréfaction totale. Si la chaleur de l'atmosphère est trop faible, on n'aperçoit ni beaucoup d'écume ni pellicule bleue, mais la liqueur penche insensiblement à la putréfaction, sans présenter des phénomènes bien marqués avant qu'elle commence.

Les plantes pelées ou leur suc entrent plus vîte en fermentation, mais elles ne fournissent qu'un bleu sale.

Il faut sécher à l'ombre l'indigo tiré du pastel, parce que le soleil détruit sa couleur.

M. *Gréene* a réussi à retirer l'indigo dans l'Autriche, où les chaleurs pendant l'été ne sont pas aussi constantes que celles du midi de l'Empire. Il avait à craindre que la fermentation ne s'arrêtât au moment de sa plus grande force, à cause des variations continuelles de l'atmosphère. Dans le midi de l'Empire, depuis le mois de juin jusqu'au milieu du mois d'août, des nuages, des brouillards, voilent rarement l'astre du jour; les chaleurs constantes qui y règnent sont aussi favorables à la fermentation, qu'elles sont fatigantes pour ses habitans. Dans ces trois mois, la température est ordinairement de 18 à 25 et 28 degrés de *Réaumur*. Pendant la nuit, le thermomètre marque 12, 14, 18, et même 20 degrés. Ce sont ces époques que l'on doit choisir pour faire fermenter le pastel, qui est alors au moment de sa maturité. Nul doute alors de la réussite de l'extraction de l'indigo, et les habitans du midi de l'Empire auront sur ceux de l'Allemagne l'avantage inappréciable d'employer un isatis plus abondant en indigo, sous une température constamment favorable aux opérations nécessaires pour l'obtenir.

L'isatis contenant les mêmes principes que l'indigo, une matière verte, une matière animale, de la cire, etc., j'ai pensé que les procédés employés dans les Deux-Indes et à Malte pour retirer l'indigo de l'anil, pourraient être applicables à l'extraction de l'indigo du pastel, en subissant des modifications appropriées aux localités. Je vais donc les rapporter.

Le premier est usité dans l'île de Java pour extraire l'indigo. S'il pouvait s'appliquer à l'exploitation de l'Italie, sa simplicité le mettrait à portée de tous les cultivateurs. Je l'ai extrait et traduit de l'excellent journal, intitulé *Annual Register*.

Dans une rigole de 20 à 30 pieds de long et 18 pouces de profondeur, on pose des pots terre que l'on remplit de feuilles d'anil et d'eau. On fait bouillir le tout jusqu'à ce que l'eau soit chargée entièrement de la partie colorante; on filtre cette dissolution, et on la verse dans une grande jarre que l'on remplit jusqu'aux deux tiers. On agite alors la liqueur pendant trois quarts d'heure, donnant un mouvement très-rapide à un bambou disposé en forme de moussoir, jusqu'à ce que la granulation s'opère.

On dissout dans l'eau de la terre rouge en petite quantité, et on verse cette dissolution précipitante dans la jarre; le lendemain matin, on trouve la fécule bleue précipitée au fond de la jarre sur une épaisseur de cinq pouces.

pouces. On retire l'eau par des trous placés à différentes hauteurs ; on met la fécule dans de petits sacs, et on la fait sécher à l'ombre.

Le second procédé est employé à Malte pour extraire l'indigo d'un anil dont la culture y a été introduite par les Arabes.

Manière de faire l'Indigo à Malte.

On met la plante en presse dans une longue cuve, au moyen de plusieurs pierres dont on la charge ; on verse par-dessus une grande quantité d'eau qu'on laisse pendant quelques jours, jusqu'à ce qu'elle soit chargée de toute la couleur de la substance de la plante. On verse alors cette eau dans une autre cuve ronde, au fond de laquelle est pratiquée une autre cuve plus petite. On agite fortement l'eau avec des bâtons, jusqu'à ce que la substance épaisse dont elle était surchargée soit tombée au fond. On retire ensuite cette substance, qui est la fécule, pour l'étendre sur des toiles et la faire sécher au soleil ; lorsqu'elle a commencé à y durcir, on la réduit en pâte ou en forme de petits pains, et on achève de la faire durcir sur du sable ; toute autre manière pourrait absorber ou altérer la couleur ; et si l'on était surpris par la pluie pendant qu'on la fait sécher, elle perdrait aussi toute sa couleur.

Nota. Depuis la publication de cet ouvrage, MM. *Limousin-Lamothe* et *Rouques*, à Albi, ont retiré de l'indigo du pastel, et ont réalisé ce que l'auteur de ce Mémoire avait annoncé. Leurs procédés étant publiés par le Gouvernement, il a cru devoir supprimer la partie où était insérée la fabrication de l'indigo en Amérique, copiée dans le Cours de *Déterville.*

On conserve, dans plusieurs anciens registres des Notaires de Toulouse, des quittances de payemens de pastel faits par des Négocians étrangers, entr'autres des Espagnols dans le 15.e siècle. L'indigo du Mexique n'était pas encore connu. Sur la clef de la voûte intérieure du tombeau de *Raymond Izalguier,* mort en 1336, dans l'église de la Daurade, on avait gravé l'écusson de cette illustre famille originaire du Lauraguais ; il représentait cinq feuilles de pastel ou Izalgas : en idiôme du pays, ce nom se rapproche du nom grec du pastel, *isatis.*

Catalogue des plantes qui fournissent des couleurs bleues et vertes.

Centaurea cyanea : tige bouillie donne à l'eau une couleur bleue. A Mesbourg, préparée comme le pastel, elle donnait une belle couleur bleue.

Centaurea giacæa : on retire une couleur bleue de ses pétales.

Agrostis spica venti : teint la laine en vert.

Chærephyllum silvestre : donne une belle couleur verte.

La grande Chélidoine : bleue.

Chou violet et noir : donne de l'indigo en petite quantité, d'après *Fabroni.*

Croton tinctorium : on fabrique avec son suc le tournesol.

Fraxinus exsucca : écorces, tiges, teignent l'eau en bleu, et fixent cette couleur sur les laines qui ont déjà bouilli avec le *lycopodium complanatum.*

Anemone pulsakela : encre verte avec le suc des corolles.

Delphinum consolida : encre bleue avec le suc des corolles.

Clastrum silvestre : sa graine donne sur le papier une belle couleur bleue.

Iris : ses corolles donnent une couleur verte.

Lathyrum arveuse.

Lycopodium clavatum, *lycopodium alpinum*, *lycopodium complanatum* : selon *Vestring*, bouillis avec un peu de bois de Brésil, teignent les laines en une belle couleur bleue, résistant au savon, mais attaquables par les acides.

Mercurialis perennis : son suc donne une couleur bleue.

Onycera periclymena : sa racine fournit une couleur bleue.

Onycera cærulea : ses baies, *idem.*

Polygona varia : ses feuilles ; *Thunberg* dit qu'au Japon on en retire de l'indigo.

Polygonum aviculare, *idem.*

Senecio jacobeæ : racines, feuilles, tiges fraîchement cueillies teignent les laines en vert.

Scabiosa folio integro, glabro : teint les laines en vert. On la prépare en Suède comme le pastel en France.

Sandragon ou *patience sauvage* : donne un suc cramoisi, qui se change en beau bleu.

Trifolium pratense : on teint les laines en vert, en Suède, avec les sommités de cette plante.

Pour prouver l'importance dans le seizième siècle du commerce du pastel, j'ai cru devoir insérer, copié sur l'original, l'extrait des lettres patentes accordées en 1552 par le roi Henri II, aux marchands et bourgeois de Toulouse, pour les autoriser à faire, pendant la guerre, le commerce de leur pastel avec les Anglais, les Espagnols, etc.

HENRY, par la grace de Dieu, Roy de France, à tous nos lieutenants generaulx, vis admirauls, baillifs, senechaulx, prevots, maires, et echevins, consuls, gouverneurs des villes, cités, chastellenies, capitaines des navires et autres vaisseaux, gardes des portes, havres, ponts, passaiges, peages, juridictions et destroicts, et à tous nos justiciers, officiers et subjets auxquels ces presentes seront montrées, salut et dilection. Nos chers et bien amés les bourgeois, marchands et habitans de notre ville de Toulouse, nous ont fait entendre et remonstrer que au sauf conduit, congé et permission generalle que nous leur avons octroyée le 26me de fevrier dernier il a été obmis d'expecifier et particulariser les lieux et villes hors notre dit royaulme où ils ont accoustumé de transporter, debiter et vendre leur marchandise de Pastel et autres quelconques non prohibées, ne deffendues, comme en Flandres, Portugal, Espagne, Angleterre, ny pareillement les navires et vaisseaux sur lesquels lesdits supplians pourront charger, envoyer et conduire à seurté leursdites marchandises de Pastel et autres non prohibées ne deffendues : comme navires espagnols, portugalois, anglois, flamans, sterlins et autres, pourveu qu'ils ne soient armés d'aucune sorte d'*armes offensives ne deffensives*, pour sur iceulx charger, mener, conduire ou faire conduire par eulx ou leurs serviteurs, facteurs ou entremeteurs en quelques endroits d'iceulx pays qui leur semblera bon hors nosdits royaulme, pays, terres et seigneuries, et où ils verront leur commodité meilleure : nous requerant sur ce vouloir declarer nos vouloir et intention : Nous à ces causes voulant subvenir à nos sujets selon l'exigence des cas, et par tous moyens leur donner occasion de continuer icelle trafficque et negociation à eulx très necessaire, et à Nous profitable pour le bien de la republique de notre dit royaulme, et augmentation de nos droits et devoirs : pour ces causes, et autres bonnes considérations à ce Nous mouvans, avons voulu, declaré et ordonné, voulons, declarons et ordonnons, et en ampliation de notredit sauf conduit general, nous plaist que auxdits suppliants soit permis et loisible tirer, enlever et sortir, et faire sortir hors notre dit royaulme, païs, terres et seigneuries, telle quantité de Pastel que bon leur semblera, et leurs forces le pourront porter, et toutes autres sortes de marchandises non prohibées ne deffendues tant par mer que par terre et eau doulce, et icelles marchandises mener, conduire, ou faire conduire par eulx ou leurs serviteurs, facteurs ou entremetteurs, tant en Espagne, Flandres, Portugal, Angleterre que ailleurs, que bon leur semblera hors nos dits royaulme, pays, terres et seigneuries, et icelles charger, mener transporter et conduire, debiter et descharger ez dits pays, tant sur navires français, espagnols, portugalois, anglois, flamans, sterlins et autres quels qu'ils soyent, pourveu, comme dit est, qu'ils ne soyent aucunement armés d'aucunes armes offensives ne deffensives, en payant toutefois par eulx et chacun d'eulx nos droits de traicte, imposition foraine et autre subside à nous deu, comme il est plus amplement spécifié audit sauf conduit general, auxquels lieux lesdits suppliants ou leurs dits serviteurs pourront vendre, debiter, trocquer et charger lesdites marchandises, et en achepter d'autres, lesquelles en iceulx lieux ils pourront mecttre et charger sur tels navires qu'ils voudront, tant français, espagnols, sterlins, flamans, anglois, ou autres pour les mener, conduire, ou faire conduire avec lesdites marchandises par eulx ou leursdits serviteurs et facteurs, en nos ports, havres et autres lieux de notredit royaulme, et pour la commodité d'icelui de nous ou de notre peuple. Si voulons, vous mandons, et très expressement enjoignons et à chacun de vous si comme et lui appartiendra, que de nos présente ampliation, grace, sauf conduit, congé, permission et declaration vous faictes et souffres lesdits suppliants et chacun d'eulx jouir et user plainement et paisiblement, sans que au moyen de ladite guerre et de l'obmission d'avoir ce dessus plus amplement et declairement expécifiés auxdits lettres de sauf conduit general leur soit faict, mys ou ibimé, ny à leursdits serviteurs, facteurs, commis et députés, navires, vaissaulx ou charroys où ledit Pastel sera chargé, ou autres marchandises, aucun arrest, trouble et destourbier, ny empeschement au contraire tant allant que revenant, ny en aucune manière que ce soit, lequel si faict, mys ou ibimé leur aurait esté, le mectent et fassent mettre incontinent et sans delay à plaine et entiere delivrance, et au premier estat et deu, CAR TEL EST NOTRE PLAISIR; et pour ce que de ces presentes l'on pourroit avoir à faire en plusieurs et divers lieux, nous voulons que au vidimus d'icelles faict sous scel royal ou collationné par un de nos amés et feaulx notaires et secretaires foi soit ajoutée comme à ce présent original. DONNÉ a Chalons, le vingt-quatrieme jour d'apvril, l'an de grace mil cinq cent cinquante-deux, et de notre regne le sixième; *et plus bas* par le roy en son conseil établi à Chalons, nous présent, *signé* BURGENSIS un seing et paraffe, et scellé sur simple queue en cire jaulne fe. Collation faicte a l'original, par moi notaire et secrétaire du roi, le XXII jour de may, l'an mil cinq cent cinquante-deux. DUVAL, signé avec paraffe.

DÉTAILS CHIMIQUES
ET
OBSERVATIONS

Sur la conservation des Corps qui sont déposés aux caveaux des Cordeliers et des Jacobins de Toulouse (1).

LA plupart des cosmographes modernes ont parlé de ce triste objet de curiosité ; les descriptions qu'ils en ont données sont en général inexactes ou superficielles.

Le caveau des Cordeliers est le seul qui ait acquis de la célébrité, le seul que les étrangers demandent à visiter. Le caveau des Jacobins est cependant aussi digne de l'empressement des curieux ; les corps même y sont moins tannés et mieux conservés. La seule différence qu'il y ait de l'un à l'autre, est qu'on voit dans celui des Cordeliers des corps de femmes et d'enfans, et qu'il n'y en a point dans l'autre.

Je donnerai la description de l'un et de l'autre de ces caveaux ; elle prouvera qu'ils ont été destinés à recéler des corps devenus embarrassans, parce qu'ils ont résisté aux agens ordinaires de la destruction des êtres organisés, et qu'ils n'ont point contribué à leur conservation (2).

(1) Ce mémoire a été fait au mois de janvier 1784 ; depuis cette époque les deux caveaux ont été détruits. (en 1793.)

(2) On dit que les Cordeliers faisant rebâtir leur église, fai-

Description du Caveau des Cordeliers.

Le caveau des Cordeliers, à prendre du sol de la rue qui borde l'église et le monastère, est situé à la profondeur de 10 pieds 6 pouces.

C'est une petite chapelle souterraine de la forme à peu près d'un ovale allongé, dont la voûte est portée dans son milieu par un pilier gothique. La longueur de cette chapelle est de 18 pieds, sa largeur de 12, et sa hauteur de 6 pieds 6 pouces.

On y arrive par un corridor voûté, de même longueur et de même hauteur, mais qui n'a que 5 pieds de large.

On descend du cloître dans ce corridor par un escalier tournant, construit en pierre de taille, très-étroit, où l'on a de la peine à passer. Cet escalier a 15 marches.

La situation de ce caveau, basse, enfoncée et inaccessible à l'air extérieur par toute autre ouverture que celle de l'escalier, fait que l'on y respire avec quelque peine; que l'on y ressent presque toujours une odeur désagréable, et qu'il serait peut-être dangereux d'y rester long-temps.

Description du Caveau des Jacobins (1).

Ce caveau est moins enfoncé que celui des Cordeliers.

---

saient porter les corps qu'on exhumait dans des trous creusés dans leur jardin. Les familles qui avaient leur sépulture dans leur église, obtinrent un arrêt du Parlement, qui obligea les Religieux à déposer ces corps dans le charnier où on les voit à présent.

(1) Ce caveau (*spelunca*) et les 24 tombeaux destinés à la sépulture des Dominicains ont été construits en 1340 aux dépens de *Dominique Grenier*, ancien Religieux du couvent de Toulouse, qui mérita par ses talens et sa doctrine d'être fait par le Pape Benoît XI Maître du sacré Palais et Évêque de Pamiers. On avait placé sur le mur de la chapelle une inscription en vers la-

Toute la partie à prendre depuis la naissance de la voûte, est au-dessus du sol. Une ouverture qui prend jour dans un des cloîtres de ce monastère, y entretient un courant d'air perpétuel. On y respire librement, et on n'y sent jamais aucune mauvaise odeur. Il est de forme ovale; sa longueur est égale à celle du caveau des Cordeliers; mais il a 4 pieds de plus de large, et 3 pieds de plus de hauteur. Les murs en ont été blanchis depuis peu. Il est éclairé par plusieurs bougies placées dans des bras. Cette clarté vive et lumineuse permet d'examiner à son aise les corps qui y sont déposés; dans le caveau des Cordeliers le curieux est éclairé par une torche funéraire, dont la lueur sombre et incertaine accroît encore l'espèce de terreur dont on ne peut guère se défendre à l'aspect effrayant d'un nombre considérable de cadavres desséchés, appuyés le long des murs.

Ceux qui sont conservés dans le caveau des Cordeliers, ont été retirés de quelques tombeaux de l'église et du cloître, qui ont seuls le privilége de les garantir de la dissolution ordinaire. On croit que la chaux qui a servi à la construction de l'église, bâtie vers le milieu du quinzième siècle, a été éteinte sur le terrain où ces tombeaux sont placés, et qu'elle y a séjourné longtemps. On porte au clocher ces corps trouvés entiers à l'ouverture des fosses; on les y laisse quelque temps, et quand ils sont parfaitement desséchés, on les dépose dans le caveau.

---

tins presqu'entièrement effacée. On y lit encore les vers suivans :

Aspice, mortalis, post mortem mansio qualis !
Mors est grata bonis, cœli fit scala colonis.
Vado mori, cinis in cinerem tandem rediturus,
Jamque patet mortis janua, vado mori,
Vado mori, logicus aliis concludere novi.
Conclusit breviter mors mihi, vado mori.

On doit remarquer qu'on ne trouve plus aussi fréquemment des corps conservés en entier. La propriété de ce terrain paraît s'affaiblir.

Ces corps sont ceux des citoyens de tout sexe à qui ces tombeaux appartiennent. Les corps des Religieux que l'on ensevelit dans un caveau qui n'est destiné que pour eux, ne se conservent point; et c'est là une différence singulière entre le caveau des Cordeliers et celui des Jacobins. Celui-ci ne renferme que les corps des Religieux de la maison, les seuls de tous ceux qu'on enterre dans le cloître ou dans l'église qui ne soient point détruits.

Le bâtiment de l'église des Jacobins est aussi considérable que celui de l'église des Cordeliers; la chaux qui a servi à sa construction, a été vraisemblablement éteinte, et a séjourné dans quelque partie du terrain de cette église ou du cloître, et cependant nulle tombe ordinaire n'y conserve les corps. Celles des Religieux ont exclusivement cet avantage (1).

Ces tombes sont construites en briques et en pierre de taille, et maçonnées à chaux et à sable; elles sont au nombre de vingt-quatre, et placées dans le sol d'une chapelle du cloître, appelée de *Saint Côme;* elles sont marquées des vingt-quatre lettres de l'alphabet. On tient dans la sacristie un registre exact de la mort de chaque Religieux : il est numéroté des mêmes lettres; et quand un Religieux meurt, on l'enterre dans la tombe la plus anciennement employée, ce qui suppose les vingt-quatre tombes remplies; et l'ouverture, par exemple, de la

(1) Les corps sont enterrés aux Cordeliers dans des fosses creusées dans la terre nue, et sont recouverts ensuite de la terre qui en a été tirée. On en use de même dans toutes les autres églises et cimetières de Toulouse.

tombe marquée de la lettre A, ne se fait en général que tous les vingt-cinq ans.

Les Religieux sont déposés dans ces tombes tout habillés, le visage couvert de leur capuchon, et couchés sur le dos. Cette position est sans doute la cause que les parties dorsales qui touchent immédiatement le fond de la tombe, sont moins bien conservées que les autres. On les recouvre d'une grande pierre, que l'on scelle à chaux et à sable; en sorte que l'air n'a aucun accès dans ces sépulcres. Les corps s'y consomment plutôt qu'ils ne s'y pourrissent; cette consomption même n'a véritablement lieu que dans les parties qui touchent immédiatement, ainsi que je viens de le remarquer, le sol humide de la tombe. Les autres s'y dessèchent parfaitement, et n'ont pas besoin, comme aux Cordeliers, d'être transportés au clocher pour acquérir cette dessiccation complète qui permet de les manier sans se rompre.

Cependant les corps que l'on place dans ces tombes ne s'y conservent pas tous également; on en retire qui sont à demi-détruits, d'autres qui le sont entièrement. Il semble que l'on peut attribuer cette différence de conservation à celle du tempérament du sujet ou de la maladie qui a terminé sa vie. Cette observation m'engage à proposer aux Supérieurs de cette maison de faire insérer dorénavant dans leur nécrologe, des détails précis et exacts sur l'âge, la manière de vivre et le tempérament des Religieux qui meurent; sur la nature, le genre et les circonstances de leur dernière maladie. De pareils détails faits avec soin, et dirigés par le Médecin qui aura soigné le malade, peuvent devenir très-intéressans, et servir, d'après l'état où l'on trouvera les corps à l'ouverture des tombes, à indiquer les causes intérieures qui concourent à la conservation ou à la destruction des corps.

Je passe aux détails sur l'état de conservation des corps déposés dans ces deux caveaux.

Ces corps ou momies, car on peut leur donner ce nom, sont rangés debout dans l'un et dans l'autre caveau, et adossés au mur. La charpente osseuse, et la peau qui la recouvre, sont parfaitement conservées, et leur permettent de se soutenir dans cette position.

On voit dans l'un et l'autre caveau un tas très-considérable de débris des corps que le temps et divers accidens ont détruits. On remarque dans ce tas un grand nombre de membres entiers, des bras, des jambes, des têtes parfaitement conservés, et qui mériteraient d'occuper une place dans des collections anatomiques.

Parmi les divers corps que l'on conserve au caveau des Cordeliers, on fait remarquer ceux d'un écolier tué d'un coup d'épée en combat singulier, et de *Paule Viguier*, surnommée la *Belle Paule*, à raison de sa rare beauté. Cet écolier en recevant le coup, porta, par un mouvement naturel, la main sur sa blessure ; elle a toujours gardé depuis cette position. On l'en retire avec effort, et elle y revient dès qu'on la laisse libre. Quant au corps de la *Belle Paule*, on peut, avec *Lafaille* (1), douter que ce soit effectivement celui de cette belle et vertueuse fille. Il n'a d'ailleurs rien d'intéressant, que de montrer par le contraste de son état actuel combien il est frivole de s'énorgueillir de ces agrémens extérieurs qui dépérissent par l'âge, que le temps flétrit, et qui n'excitent après la mort que l'horreur et l'effroi.

---

(1) *Lafaille*, auteur des Annales de Toulouse. *Vid.* tom. 2, pag. 20 des additions et corrections.

On y voyait encore, il y a trois ou quatre ans, un enfant bien entier, parfaitement conservé, dont la peau était blanche comme de la craie. Il a passé depuis au cabinet impérial de Prague, en échange de plusieurs modèles de machines importantes qu'on ne connaissait point en Languedoc.

Toutes les parties internes de ces corps, dans l'un comme dans l'autre caveau, musculeuses, tendineuses, cartilagineuses, le foie, le poumon et tous les viscères contenus dans les trois grandes cavités, ressemblent à de l'amadou, et prennent feu comme lui, mais n'ont point ni la même souplesse ni la même solidité. Ils tombent en poussière quand on les presse entre les doigs, par l'effet de l'attaque constante des mites qui les dévorent. Le périoste est également détruit en partie. Les paupières, les lèvres, les oreilles, la langue, sont bien conservées, mais ne ressemblent plus qu'à un cuir sec et ridé : il en est de même de la peau qui recouvre ces momies. Le tissu cellulaire a cependant encore, dans la plupart, sa souplesse et son intégrité. Le nez et ses cloisons intérieures, les dents et les ongles, sont aussi à peu près comme dans leur premier état. Les ongles de certains corps ont même conservé toute leur fraîcheur. Les ligamens et les tendons résistent au tranchant du scalpel ; il faut une force considérable pour les diviser. Le nerf médian a supporté la dissection jusqu'au doigt : l'artère radiale a été poursuivie jusqu'à la paume de la main, et sa cavité a permis l'introduction d'un stilet plus gros qu'une soie de porc. Les recherches qu'on a faites pour découvrir les veines, ont été inutiles. Le périoste est desséché, et recouvre les parties dures ; mais on l'en détache avec un peu de patience. Les os sont très-légers ; ils ont la solidité ordinaire : l'acide nitreux les attaque. Quelques-unes de ces momies, sur-tout celles du caveau des Jacobins, ont les parties de la génération bien entières et parfaitement conservées ; le seul scrotum existe dans les autres, mais sans nulle apparence de testicules. La partie dont la conservation est la plus frappante, et je crois la plus intéressante, est la face : tous les traits de la physionomie sont conservés au point de reconnaître les personnes (1).

L'expression que l'âme donne aux divers muscles, et jusqu'aux fibres les plus délicates, dans cet instant déchirant où elle est forcée de se séparer du corps, reste empreinte sur toutes ces faces. Il n'est rien, ce me semble, de plus philosophique et de plus moral, que cet assemblage de mort qui en présente à la fois toutes les variétés. La douleur, le désespoir, le calme, la confiance, forment les nuances qui les distinguent. Les traits de la plupart sont tourmentés et hideux ; mais il en est dont l'expression tranquille et douce fait naître l'idée consolante que notre dissolution n'est pas pour tous un moment affreux de douleur et d'effroi.

Le cerveau de presque toutes ces momies est réduit en une poudre jaune et grossière qui n'a ni odeur, ni faveur ; elle ressemble à de la sciure de bois, et prend feu comme elle, mais avec quelque détonation.

J'ai pesé plusieurs de ces corps ; le plus grand, de cinq pieds quatre pouces, a pesé douze livres

---

(1) On lit dans *Vigneul-Marville*, qu'un Médecin étant descendu, par un simple motif de curiosité, dans le caveau des Cordeliers, faillit mourir d'attendrissement et d'effroi à l'aspect du corps de son père mort depuis trente ans, dont il reconnut sur-le-champ la figure et les traits.

poids de marc. La pesanteur moyenne des autres a été de dix livres : cette légèreté singulière m'a fait regarder ces momies comme le résidu d'une analyse du corps humain, faite par la nature. Tous les principes volatils ont disparu, la seule terre est restée, conservant encore l'empreinte du moule où elle a été façonnée. J'ai cru devoir à mon tour analyser, à feu nu, deux onces de la peau et des parties cartilagineuses et osseuses d'un des membres qui sont entassés le long d'un des côtés de ces caveaux. Ayant renfermé ces deux onces dans une cornue de verre luttée, j'y adaptai un ballon et l'appareil de *Woulf*. Je donnai le feu par degrés. Il parut d'abord un flegme jaunâtre, et l'air qui passait sous la cloche ne différait presque pas de l'air atmosphérique. Le feu ayant été poussé vivement, une huile légère, de couleur citrine, passa dans le récipient; le gaz qui passait sous la cloche, prit bientôt une odeur empireumatique détestable; odeur due au dégagement de l'huile animale. Plusieurs Chimistes ont remarqué que la distillation des os humains, même des fossiles, produisait une odeur si particulière et si affreuse, qu'elle seule pouvait suffire, faute d'autres caractères, pour les faire reconnaître. L'acide carbonique se dégagea alors en abondance. La cornue étant rouge, il passa une huile brunâtre très-pesante qui se figeait le long des parois du ballon tapissé peu après de ramifications d'alcali volatil. L'acide carbonique se dégagea bientôt; ayant voulu l'essayer par l'eau de chaux, la terre calcaire se précipita. Le gaz hidrogène combiné à l'acide carbonique se trouvant libre, prit feu, mais sans détonation. Sur la fin de l'opération, il ne passait plus que de l'hidrogène, sans aucun mélange d'acide carbonique, qui brûlait facilement avec une légere détonation. Voici quel fut le résultat de cette distillation.

Produits liquides.	*Produits solides et produits aériformes.*
Six gros flegme légèrement acide.	Demi-gros alcali volatil.
Demi-gros huile légère.	Acide carbonique hidrogène, qui, purifié par l'eau de chaux, donne une belle flamme bleue.
Demi-once huile épaisse très-solide, plus pesante que l'eau	

RÉSIDU.

Charbon noir spongieux, et ayant les couleurs de l'iris, quatre gros.

On peut évaluer les produits aériformes, et la perte qui a pu se faire à travers des jointures, un gros, ce qui donne la quantité des 2 onces soumises à la distillation.

L'huile légère étant trés-volatile, a communiqué une odeur très-fétide et une couleur citrine à l'eau, dans laquelle plongeait le tube adapté au récipient. Cent quarante-quatre grains de charbon, calcinés au rouge pendant un quart d'heure, ont donné une odeur d'ail, une flamme phosphorique, et ont perdu six grains. Le résidu a été indissoluble dans l'acide nitreux, sa lessive a verdi le sirop violat, et paraît contenir le *phosphate* de soude, ou sel perlé de *Proust.*

Le corps d'où ont été tirés les fragmens qu'on a distillés, pesait douze livres poids de marc, ce qui donne cent quatre-vingt-douze onces. Quatre onces n'ont donné que quatre gros de résidu charbonneux, entièrement dépouillé des parties volatiles et humides. Ces quatre gros poussés au feu ont perdu encore le vingt-quatrième. En calculant toutes les pertes qu'ont éprouvées

éprouvées ces deux onces dans leur distillation, nous avons à peu près la quantité de l'élément terreux qui entre dans la formation d'un corps humain de moyenne taille. Nous laisserons même à part le vingt-quatrième de perte qu'a essuyé le charbon, pour la différence de solidité qui se peut trouver entre diverses parties du corps.

Un corps desséché de cinq pieds quatre pousses, pèse. . . . . 12 liv.

Par le raccornissement qu'ont dû éprouver ses fibres et ses nerfs, on peut croire que sa taille a dû être de cinq pieds six pouces.

La pesanteur moyenne d'un pareil sujet doit être de. . . . . 150 liv.

Par la première dessiccation opérée dans la tombe, ce corps a donc perdu. . . . . . 138 liv.

Ne pouvant distiller le corps entier, on a distillé deux onces qui forment la quatre-vingt-seizième partie de son poids. En rapportant la perte qu'ont essuyée ces deux onces, on aura, par approximation, celle qu'aurait éprouvée la totalité du corps.

Ces deux onces ayant perdu les trois quarts, il n'aurait resté que trois livres de charbon incombustible, ou de vrai élément terreux, si on avait exposé le corps entier à la distillation. . . . . 3 liv.

Cependant, comme les os du crâne, le fémur peuvent comporter une plus grande quantité de terre dans leur formation, je réduis la perte aux deux tiers, au lieu des trois quarts, reste. . . . . 4 liv.

On peut presque conclure qu'un homme de cinq pieds six pouces, du poids de cent cinquante livres, est un composé de flegme d'huile, d'acide phosphorique, d'alcali, quatre livres de terre, d'hidrogène, d'acide carbonique, etc. (1).

Le Créateur de l'univers a formé cette admirable organisation, où tant de substances contraires, unies ensemble, sont maintenues dans un parfait équilibre pour composer les êtres animés qui couvrent notre globe. Retire-t-il sa puissante main, l'équilibre cesse, l'homme disparaît, et il ne reste plus qu'une triste dépouille. La désunion des parties s'opère bientôt par la fermentation putride, et elles se réunissent aux élémens d'où elles ont été tirées.

S'il nous appartenait de deviner les secrets du Créateur, nous croirions que l'acide carbonique est ce lien qui, d'aprés ses décrets, maintient l'adhésion des molécules organiques; cesse-t-il son action, il s'excite un mouvement intestin ou fermentation; tant qu'il reste uni et combiné aux corps, la putréfaction ne peut avoir lieu. Le moment de son dégagement est pour les corps animés, une putréfaction partielle, telle que celle des plaies et des cancers; et dans les corps privés de vie, une putréfaction totale qui désunit leurs parties et les détruit.

---

(1) Si d'après les sentimens de beaucoup de savans, la terre élementaire est la terre calcaire, et si la terre calcaire a tant de rapport avec l'alcali, en qui on ne peut guère reconnaître que des gaz, de l'eau et du feu, dès-lors nous ne pourrions plus assurer qu'il existât un élément terreux. Journal de physique, janvier 1786. Discours de M. *de la Metherie*, page 44.

La terre, résultat de la distillation, s'est trouvée calcaire; si on suivait à la rigueur le passage cité, l'élément terreux qui entre dans la composition de l'homme, se réduirait à une bien petite quantité.

Je crois donc que l'acide carbonique est le lien qui, en entretenant l'adhésion des molécules organiques et formant la contexture extérieure des corps du caveau des Jacobins, les préserve des ravages de la putréfaction. Nous savons que ce désordre de la machine animale ne peut s'opérer que par l'action de l'oxigène, que son mécanisme est semblable à celui de la combustion. Si on met de la braise dans un four dont la bouche soit bien close, l'oxigène y étant bientôt absorbé, les lumieres s'y éteignent, la potasse s'y cristallise, la braise cesse alors de se détruire, et redevient un charbon ordinaire. En serait-il de même des corps renfermés, comme ceux des Jacobins, dans des tombes hermétiquement fermées? La masse d'oxigène qui y est contenue ne pouvant se renouveler, est bientôt viciée, et l'acide carbonique ne pouvant se dégager, la putréfaction est suspendue (1), les corps se dessèchent lentement (2), se dissolvent sans se détruire, perdent de leur poids, mais conservent leur contexture et leur forme. Ce n'est qu'une simple conjecture que je hasarde sans prétention; je rapporte les faits; c'est aux physiciens à les

(1) L'expérience suivante me paraît confirmer cette conjecture. Je mis un morceau de chair crue dans un gobelet, que je plaçai sur la planche de l'appareil pneumatochimique, et que je recouvris d'une cloche. Deux ou trois jours après, ce morceau de chair se gonfla beaucoup, et le verre de la cloche s'obscurcit. Au bout de cinq jours, que je croyais cette chair toucher au moment de la putréfaction, je levai la cloche, et j'examinai l'air qu'elle contenait, je le trouvai absolument méphitique; il précipitait l'eau de chaux, éteignait les lumières, etc., et la chair, au lieu d'être corrompue, se trouva presque desséchée, n'ayant d'autre odeur qu'une odeur fade et nauséabonde. Je suis persuadé qu'avec le temps elle serait parvenue au point de dessèchement des corps conservés dans les caveaux.

(2) On prétend que les corps des Rois d'Espagne sont renfermés, après leur mort, dans des trous pratiqués exprès dans le massif d'un

expliquer. Indépendamment des corps conservés dans ces deux caveaux, on en peut voir encore une vingtaine rangés à la file, et placés debout dans une tribune qui est dans le porche de l'Église de St. Nicolas (1). Ils n'ont rien de particulier qui mérite d'être remarqué. Il est seulement très-singulier, qu'exposés au grand air depuis un grand nombre d'années, ils se soient aussi bien conservés. On raconte que M. *de Maupertuis*, pendant le séjour assez long qu'il fit à Toulouse, l'année de sa mort, allait souvent considérer ces tristes restes de l'humanité; il s'y livrait à une sorte de rêverie, qui portait pendant le reste de la journée sur sa gaieté naturelle. Un de ses amis, inquiet de cette habitude, qu'il regardait dans cet homme célèbre comme une manie qui pourrait altérer sa santé, l'en tira un jour, en lui demandant avec vivacité de quoi riaient ces morts (leurs lèvres sèches et retirées leur donnent en effet l'air de gens qui rient)? De ceux qui vivent, répondit brusquement M. *de Maupertuis*.

---

mur du monastère de l'Escurial; qu'on ferme exactement ces trous, et qu'au bout de quelques années on en retire les corps parfaitement desséchés. Si ce fait est vrai, il a bien de l'analogie avec les tombes des Jacobins de Toulouse. Cette méthode est usitée pour l'inhumation des corps des Carmes Déchaussés de Toulouse. On ne trouve cependant aucun de ces corps conservés; faut-il attribuer cette singularité au régime différent, etc.? Contentons-nous d'observer de rapporter les faits, et attendons qu'un heureux hasard nous dévoile les secrets de la nature.

(1) Ces corps étaient enterrés dans un terrain sablonneux. On a remarqué que les corps maigres et peu chargés d'humeurs s'y conservaient fort bien. Le climat de Toulouse est tempéré pendant l'hiver, et très-chaud pendant l'été. Il n'est pas étonnant que le sable dans lequel sont enterrés ces corps absorbe leurs parties humides, tandis que la chaleur du soleil opère une prompte dessiccation. C'est par cette même raison qu'on trouve des corps légers et desséchés dans les sables de l'Arabie et de la Libie. Le sacristain me nomma quelques-uns des habitans de la paroisse dont je voyais les tristes restes, et dont les voisins et amis avaient reconnu parfaitement la figure.

RECHERCHES
SUR LE VER BLANC (1)
QUI DÉTRUIT L'ÉCORCE DES ARBRES.

Les arbres qui peuplent nos forêts dureraient presque autant que le sol qu'ils ombragent, si les attaques multipliées d'une multitude d'insectes n'accéléraient leur décrépitude et leur destruction. Sont-ils employés à la construction des édifices et des vaisseaux, des insectes non moins redoutables continuent leurs attaques, et réduisent en poudre ces masses énormes qui décoraient la terre et maîtrisaient les mers. Ce n'est point dans leur état de perfection que ces insectes font leurs plus grands ravages ; c'est au moment que, sous le nom de larves, revêtus d'une faible tunique, ils cherchent dans la substance ligneuse un aliment qui fortifie leurs membres délicats, et forme ces corselets et ces écailles qui doivent les revêtir dans leur état futur de scarabée.

Mouffetus divise ces larves en cinq espèces différentes.

1.° *Dekès.* Ces larves attaquent les arbres qui sont dans toute leur force, et qui ont toutes leurs feuilles. Ces vers, logés entre les deux écorces de l'arbre, y creusent peu à peu leur domicile. Outre les intempéries des saisons, ces vers ont à redouter les piverts et autres oiseaux, qui, perçant l'écorce avec leur bec, les vont chercher dans leur retraite.

(1) En languedocien *Cran.*

2.° *Enchila.* Ces larves détruisent les arbres au moment où ils viennent de perdre leur feuillage et leur sève.

3.° *Tripès.* Ces larves attaquent les bois secs, durs et exposés au chaud; elles promènent leurs pinces meurtrières sur la surface du bois d'une manière si variée, que l'on peut y découvrir des figures d'hommes et d'animaux. *Gallien* rapporte avoir vu un chaton de bague de bois de pommier, où un de ces insectes avait dessiné exactement la chute de *Phaëton.*

Τερμιτες. *Termitès*, de Τερω, mot grec qui signifie percer. Ces larves éclosent dans la moelle des arbres, la rongent et les font périr; elles n'attaquent jamais l'écorce et la partie extérieure des arbres. *Cossi* (1),

---

(1) *Auguste-Jean Roesel*, dans ses amusemens des insectes, décrit un ver de cette espèce qui ronge les écorces des arbres. Les six pattes qu'il a à sa partie antérieure, et une bande festonnée de couleur blanche sur son corps jaune-clair, le font différer de celui que je décris. Il se fait un étui de terre glaise pour passer à l'état de nymphe; tandis que la chrysalide du saperda est seulement placée entre les écorces des arbres sans aucune enveloppe extérieure. Ce ver a aussi contribué à la perte de nos arbres, ayant, d'après la description de *Roesel*, reconnu son scarabée sur les ormes de l'allée des Carmes. En voici la description traduite de l'allemand de *Roesel.*

Ce ver a ordinairement deux pouces de longueur; on en trouve cependant quelquefois de plus ou moins grands. Pour se métamorphoser, il exige une terre glaise, dont il se forme une coque entièrement fermée, de figure ovale, unie et polie en dedans, fig. 3. Il y conserve pendant huit jours sa première forme; mais se dépouillant ensuite de sa peau, il prend la forme de la chrysalide. Celle-ci est d'abord d'un jaune-pâle, qui change ensuite en brun, et devient de plus en plus foncé. Au bout de trois ou quatre semaines, sa peau extérieure se fend et fournit au hanneton le moyen d'effectuer peu à peu sa sortie. Celui-ci est d'abord d'une couleur blanchâtre; mais pendant l'espace de huit jours qu'il reste encore enfermé dans la coque, sa nature change, les parties molles s'endurcissent insensiblement, prennent la couleur de brun-foncé; et il se montre enfin, soit mâle soit femelle, tel qu'il est représenté sous les figures respectives A et B.

les scarabées, auteurs de ces larves, déposent leurs œufs dans le bois pourri, dans la sciure de bois Elles ont toutes les manières de vivre, et les allures du ver dont je donne la description. Mais elles en diffèrent par six petites pattes placées près de la tête, et ces vers varient pour la grandeur. Il s'en trouve de très-

---

Cette espèce de hannetons ne paraissant pas à un certain temps régulier de l'été, mais à différentes reprises, nous ne pouvons les ranger dans la classe des hannetons de mois.

Je ne puis assurer de quoi ils se nourrissent ; mais les ayant très-souvent rencontrés sur le bois, il me parait vraisemblable qu'ils en tirent leur subsistance, également comme le ver dont ils proviennent.

Touchant leur accouplement, j'ai remarqué qu'ils sont unis moins de temps ensemble que ceux de la première classe. Avant d'avoir fait cette expérience, j'en ai ouvert quelques-uns. J'ai trouvé le corps de la femelle rempli d'œufs, tels qu'ils sont représentés, fig. 4. Dans le corps du mâle, j'ai remarqué, au lieu de l'ovaire, des vaisseaux spermatiques avec les parties génitales, en forme d'une cuiller allongée, d'un rouge foncé, et garnies de petits poils à la racine. La femelle, par le moyen de la partie de derrière la plus éminente, pose ses œufs dans les fentes d'un bois de chêne ou d'un autre bois dur, auquel ils restent attachés au moyen d'une liqueur gluante dont ils sont induits.

Lorsqu'on veut conserver un ver de bois hors de sa demeure ordinaire jusqu'à sa métamorphose, on n'a qu'à le mettre dans un vase de terre ou de verre, tout rempli de coupeaux du même bois dont il se nourrissait, en y mêlant un peu de terre. Mais si le ver était de nature à se métamorphoser dans la terre et non dans le bois, tel que le nôtre, il faudrait couvrir le fond du vase d'une terre argileuse, afin qu'il puisse s'en servir pour s'en former une coque où s'opère sa métamorphose. Il ne m'a pas été possible jusqu'ici de savoir au juste combien ces vers mettent de temps pour parvenir au point de leur métamorphose ; il est sûr cependant qu'il faut au moins deux à trois ans, car j'en ai conservé quelques-uns pendant cet espace de temps de la manière que j'ai dit. Je puis encore avancer pour certain que le ver en question, depuis sa sortie de l'œuf jusqu'à ce qu'il soit parvenu à toute sa grandeur, conserve toujours la même structure, et sa dépouille, que j'ai souvent trouvée dans le bois, ne me laisse aucun doute qu'il ne change de peau comme les autres insectes. *Extrait de l'amusement des insectes, par Auguste-Jean Roesel.*

gros. Les habitans de la Phrygie et ceux du royaume de Pont, selon *Pline* et *Saint Jérôme*, les engraissaient avec la farine, et les regardaient comme un mets délicieux. Les Siamois ont le même goût, selon le chevalier de *Forbin*.

Teredines, les *tarrières*. Ces larves varient par leur grandeur et par leur forme, et par leurs ravages. Aucun arbre n'est à l'abri de leurs attaques, depuis le chêne jusqu'aux bois les plus résineux et les plus durs, tels que le gaïac et l'ébène.

La larve qui attaque les ormes appartient au premier genre, mais elle n'a point les six pattes à sa partie antérieure. Cette variété dans sa forme produit le caractère qui la distingue des larves des autres cérambyx. *Scheffer* nous a donné une excellente figure de cet insecte dans son état de perfection, *iconibus* 101, sign. 1.er; il l'appelle l'eptura thorace cylindraceo nona. Il forme un quatrième genre de ces insectes, désigné par *Fabricius* sous le nom de *saperda punctata* (1). Une citation mythologique paraîtrait ne devoir point trouver place dans cet essai; je l'insérerai cependant, parce qu'elle prouve que cet ennemi des arbres n'était point inconnu aux anciens, selon la fable. Un certain *Terambus*, ayant médit des nymphes et des muses, fut changé, par ces divinités, en un insecte appelé cérambyx, qui vivait sur les arbres : *Duplicem subivit pœnam; nam tùm enervatis cruribus claudus ambulat, et latronum more in ligno pendet.* Ant. liberalis, 1. livre des métamorph.

Je vais décrire cet insecte dans ses trois états; sous

(1) *Fabricius, species insectorum.*

celui de larve, de chrysalide et de scarabée. On le trouve, au commencement de l'hiver, très-petit encore, et jaunâtre, dans des trous de trois lignes de profondeur, qu'il s'est creusés dans la seconde écorce de l'arbre; j'en apportai l'année dernière quelques-uns à l'académie. Il brave, dans cette retraite, les rigueurs de cette saison; et lorsque vers sa fin elle s'adoucit, il commence ses ravages; il acquiert bientôt six, huit ou dix lignes de long sur une et demie de diamètre. Sa tête est couverte de trois rangs de petites écailles rougeâtres, finissant en pointe. Cette tête mobile est armée de deux pinces très-fortes, avec lesquelles cet insecte déchire le bois dont il fait sa nourriture. Cette tête se met et rentre dans un capuchon d'un blanc-jaunâtre qui forme la partie antérieure du ver. Ce capuchon a demi-ligne de largeur de plus que le reste du corps. La partie, depuis la tête jusqu'à la queue, se divise en neuf articulations, qui sont surmontées par neuf tubercules de chaque côté. Chacun de ces tubercules sert comme de pattes à l'animal, et lui donne toute la facilité de se mouvoir que peut exiger son genre de vie peu actif. Sur chacun de ces tubercules est placé un stigmate ou trachée qui sert d'organe à la respiration; l'anus est placé au bout de la partie inférieure ou queue qui se termine en pointe. Un vaisseau, qui remplit la capacité du ver, part de sa bouche et se termine à l'anus. Il sert en même temps d'estomac et d'intestin; la couleur rouge de l'écorce moulue dont il est toujours rempli, lui donne l'apparence d'un vaisseau sanguin.

J'ai vérifié les ravages de ce ver sur les ormes des allées de la Patte-d'Oie; il ne détruit que pour vivre, et ses ravages sont en proportion de sa voracité. *Cocdard*, dans son histoire naturelle des insectes, expérience cinquante-unième, donne la figure d'un ver de même espèce, mais qui différait par sa queue évasée, de notre ver, dont la queue finit en pointe. *Fabricius* le nomme saperda; *Choracias*, la lepture cendrée de *Geoffroi*. Ce ver, examiné par *Goedard*, avait les mêmes inclinations et les mêmes caractères que le nôtre.

Goedard trouva ce ver dans l'Isle de Walaerie, dans la Zélande, sous l'écorce d'un chêne. L'habitude que ce ver a de ronger les écorces des arbres, en les serrant entre ses deux pinces, engagea ce savant à lui donner le nom grec de Δυτξυπνη, du mot grec Δξυ, bois, et τξυπτω, frapper. Ce ver, étant d'une matière molle et visqueuse, ne pourrait ronger les bois et les écorces les plus dures, s'il ne les frappait continuellement avec ses pinces. Pour augmenter sa force, il se tourne en spirale, et appuie sa queue contre ses excrémens qui sont formés de petits grains oblongs où l'on distingue aisément l'écorce moulue, dépourvue de sa matière grasse et visqueuse. Une fois rassasiés, ils s'étendent pour se débarrasser de leurs excrétions, et recommencent bientôt leurs ravages.

La nature a assujetti les insectes à passer leur vie dans trois états différens. Dans le premier, sous la forme d'un ver ou d'une chenille, ils traînent un corps divisé en plusieurs anneaux; bientôt les enveloppes qui couvraient les parties de l'insecte parfait disparaissent : on découvre plus ou moins la contexture future de l'insecte, mais ses parties sont alors si molles, qu'il ne peut s'exposer sans danger au contact de l'air. Il attend dans cet état passif l'heureux moment où son corps ayant acquis toute sa perfection, il pourra sortir de la prison qui le renferme. Ce moment arrivé, il se dépouille par parties de la faible enveloppe qui le masquait ; oubliant son ancien état qui l'attachait à la terre, il s'élance dans un autre élément, frappe l'air de ses ailes, et pourvu d'un nouveau sens, se livre aux plaisirs de l'amour, et procède à la multiplication de son espèce. Je n'ai pu voir passer le ver blanc à l'état de chrysalide ; mais les ouvriers chargés de s'opposer à ses ravages, m'ont porté ces chrysalides trouvées sous des débris d'écorce ; elles ont presque conservé leur figure primitive, ne diffèrent du ver que par le corselet, et les autres parties qui constituent leur transformation en scarabées ; elles ont conservé les terribles pinces de leur premier type. Leurs cornes repliées partent du milieu des yeux, et en passant par-dessus les pattes, vont s'appliquer sur le corselet. La chrysalide est blanche, et ne conserve d'autre mouvement qu'une agitation convulsive dans les anneaux du ventre, mais qui n'est sensible que lorsqu'on les remue. Les yeux sont noirs ; une légère tache noire se fait apercevoir sur le haut du corselet. Quand le moment de la transformation approche, le corselet et le haut des cuisses noircissent ; peu à peu cette couleur gagne toute la partie antérieure de l'insecte. Le dos et le ventre conservent toujours leur couleur blanche ; l'étui qui l'enveloppe se détache et se brise en morceaux. Ce changement d'état est funeste à ces insectes ; ils éprouvent la plus grande peine à se débarrasser de leurs étuis, et périssent la plupart dans cette opération. Je n'ai pu obtenir qu'un seul scarabée de plusieurs chrysalides que je possédais ; peut-être aussi que, dans la retraite obscure et tranquille que ces insectes se choisissent, cette opération s'effectue avec plus de succès.

Ce scarabée, lors de son développement, est grisâtre, et son ventre entièrement blanc : ses étuis sont d'un blanc sale. Sa démarche est lente et mal assurée ; il ne peut soutenir le jour, et refuse toute nourriture. Au bout de deux ou trois jours il devient hardi, grimpe le long des parois du bocal, et montre les pinces qui ornaient sa tête dans l'état de ver. Son corselet, les étuis, et enfin tout son corps, prennent une couleur verte fort agréable. Il mange alors l'écorce qu'on lui présente, la saisit avec ses pattes et la déchire avec ses pinces. Je le croirais de nature carnassière ; je m'aperçus un peu tard qu'il avait rongé le corselet d'une chrysalide de même espèce, qui avait déjà subi les changemens de couleur qui annonçaient sa prochaine transformation.

Je vais finir par la description de ce scarabée ; peut-être elle servira à éclairer la recherche intéressante, si cet animal est exotique ou naturel à ces climats.

Les antennes vont en diminuant de la base à la pointe, et partent du milieu de l'œil, caractère propre aux cérambyx ; elles ont huit articulations très-distinctes. L'insecte étant vivant, je n'ai pu les détacher pour examiner en particulier au microscope, celles qui forment les extrémités des antennes que l'insecte porte en arrière, et auxquelles il communique un mouvement pareil à celui de la trompe des éléphans. Les grands cérambyx s'en servent pour se suspendre aux petites branches des arbres. Les trois premières articulations sont verdâtres ; les yeux sont noirs ; la tête, ainsi que le corselet, sont d'un vert doré. Le corselet est marqué de chaque côté de deux points noirs, avec une légère trace sur le haut. Les étuis sont verts comme le corselet ; douze taches noires y sont placées régulièrement, savoir, six de chaque côté ; d'autres taches pareilles sont placées sous le ventre de l'insecte. Cette partie du corps est d'un vert moins agréable que le dessus, ainsi que les premières articulations des jambes, qui sont au nombre de six, et partent du corselet. Les pattes et les tarses sont noirs : le tarse est composé de quatre parties ; et se termine par une petite pince et des houppes qui donnent à l'insecte la faculté de grimper sur les parois du bocal de verre où il est renfermé.

Voilà tout ce que j'ai pu recueillir sur l'histoire de cet insecte destructeur : une suite d'observations pourra nous apprendre les circonstances que nous ignorons.

DE L'ACIDE FLUORIQUE,

De son action sur la terre siliceuse, et de l'application de cette propriété à la gravure sur verre (1).

J'AVAIS fait plusieurs expériences sur la décomposition du verre par l'acide fluorique, quand j'ai lu dans la nouvelle Encyclopédie méthodique les expériences de M. *Viegleb* et *Buccholz* sur le même objet. J'ai dès-lors regardé les miennes comme inutiles, et je me contenterai de donner seulement une note des pertes qu'ont essuyé les différentes petites cornues de verre dont je me suis servi. J'ai retrouvé dans le récipient, sous forme de gelée, ayant l'apparence d'une calcédoine, la terre quartzeuse qui avait été détachée du verre des cornues. Elles contenaient toutes, deux onces d'acide sulfurique et une once de spath fluor.

	1. CORNUE.	2. CORNUE.	3. CORNUE.	4. CORNUE.
	onc. gros gr.	onc. gros gr.	onc. gros gr.	onc. gros gr.
Poids avant la distillation.	1. 7. 5.	1. 3. 36.	1. 2. 7.	1. 3. 54.
Poids après. . . .	1. 5. 35.	1. 2. 0.	1. 1. 23.	1. 2. 36.
Perte.	0. 1. 42.	0. 1. 36.	0. 0. 56.	0. 1. 18.

Deux autres cornues du même volume furent exposées à un feu plus violent. Non-seulement la surface

(1) Lu à la séance de l'Académie des sciences de Toulouse, le 12 juillet 1787.

interne de la partie supérieure fut corrodée, mais la partie inférieure fut entièrement criblée et percée, ce qui m'empêcha de prendre un état exact de leur perte.

L'acide fluorique, obtenu par la distillation à feu nu, dans une cornue de verre, d'un mélange de spath et d'acide sulfurique, est doublement altéré. Il est saturé par la terre siliceuse qu'il tient en dissolution, et souillé par le mélange des acides sulfurique et sulfureux. Leur présence y est bientôt reconnue par l'acétite de baryte. Pour l'obtenir pur, il faut suivre le procédé de *Scheele*, c'est-à-dire, distiller le mélange dans une cornue de plomb et d'étain, et enduire le récipient d'une couche de cire.

La distillation d'un mélange de quatre onces de spath, et de douze onces d'acide sulfurique, suffit alors pour acidifier huit onces d'eau. L'acétite de baryte ni décèle point la présence de l'acide sulfurique, quoique cet acide (1) soit assez fort pour dissoudre la terre calcaire avec effervescence. Il altère les couleurs végétales, mais ne les détruit pas. En ayant laissé tomber quelques gouttes sur des bas de soie gris-bleu, il se forma des taches jaunes, que le simple lavage fit disparaître. Qu'on ne croie pas cependant que cet acide soit absolument pur; il est mêlé avec un peu d'oxide de plomb ou d'étain; selon le métal de la cornue employée, je l'ai précipité par l'alcali volatil (l'ammoniaque), et l'ai revivifié en plomb ou en étain.

J'ai distillé dans une petite cornue de plomb au bain-marie deux onces d'acide sulfurique et demi-once de spath.

(1) On conserve cet acide dans des flacons de cristal, enduits intérieurement d'un mélange de cire et d'huile.

La cornue pesait onze onces six gros. Dans la première distillation elle perdit un gros et demi ; dans la seconde un gros, et dans la troisième cinquante-huit grains. L'acide obtenu est blanchâtre, et a une forte odeur de soie de soufre. L'acide fluorique seul ne peut dissoudre l'étain et le plomb. Mais pendant la distillation, l'acide sulfurique surabondant dissout ces métaux ; dépouillé de son oxigène, il forme, avec la terre calcaire du spath, un hepar terreux, tandis que l'acide fluorique dissout et entraîne les chaux ou oxides métalliques.

Il ne faut jamais, pendant cette distillation, outrepasser le terme de l'eau bouillante, parce que les acides sulfurique et sulfureux passeraient alors dans le récipient avec l'acide fluorique.

Parvenu par ce procédé à obtenir l'acide fluorique, exactement dépouillé des acides sulfurique et sulfureux, j'ai soumis à son action plusieurs substances, tant métalliques que siliceuses, étant persuadé que la différence qu'ont observée dans les résultats des mêmes expériences différens chimistes, ne provenaient que de la différente qualité de l'acide employé.

J'ai mis dans deux bocaux égale quantité de limaille de fer et d'acide fluorique. Celui du premier bocal obtenu par la distillation dans une cornue de verre, régénérait le baryte par son mélange avec l'acétite de baryte. Le second avait été obtenu selon le procédé de *Scheele*, décrit ci-dessus.

La limaille de fer du premier bocal a été dissoute en partie, et la dissolution a fourni du vitriol martial ; dans le second, la liqueur s'est recouverte seulement d'une couche rousse, irisée, ferrugineuse. Les deux bo-

caux

caux étant exposés à une chaleur vive, l'acide fluorique s'est volatilisé en fumée âcre et piquante. Mais le résidu du premier bocal a conservé un goût stiptique, tandis que celui du second avait la couleur du safran de Mars, et a paru insipide.

La même chose a été observée pour la chaux de cuivre précipitée du vitriol bleu par l'alcali fixe, pour le plomb et l'étain, exposés à l'action réciproque de ces deux différens acides fluoriques.

Je mis dans une petite capsule de verre, avec de l'acide fluorique, un petit fragment de diamant; je le fis chauffer deux ou trois fois au feu de sable; au bout de quatre ou cinq jours de séjour dans l'acide fluorique, le diamant disparut, et il ne resta à la place que de petits points brillans, roulant sur eux-mêmes au moindre mouvement, et venant ensuite occuper le fond de la capsule. Cette expérience me parut si singulière, que je crus devoir la répéter sur deux autres diamans. Ceux-ci n'ont pas paru avoir souffert la moindre altération; j'ignore quelle a pu être la cause de la dissolution, ou plutôt de la division extrême du premier diamant; si je n'avais pas répété mon expérience, j'aurais cru que l'acide fluorique était le dissolvant du diamant comme du verre.

J'ai exposé à l'action de cet acide, des gemmes et autres matières siliceuses; mais un travail aussi important exige des observations et des expériences répétées avec soin et patience, pour pouvoir compter sur ses résultats. Aussi ne donnerai-je que quelques expériences détachées, en attendant de vérifier le vrai degré d'action de l'acide fluorique sur les gemmes et les pierres. Le choix des capsules, dans lesquelles on place les fragmens pierreux, n'est pas indifférent. Les capsules de verre dont je m'étais d'abord servi, n'ont pas produit l'effet que je désirais. La grande affinité de l'acide, avec la terre quartzeuse du verre des capsules, empêche son action sur les substances qui y sont renfermées. La surface interne des capsules est corrodée ; une substance gélatineuse grise recouvre les fragmens pierreux, qui sont peu ou point attaqués par l'acide.

Les capsules de bois de buis, quoique vernissées, n'ont pu résister à la chaleur douce, nécessaire pour hâter l'action de l'acide ; il pénétra bientôt leurs pores ; il fallait en fournir de nouvelles.

Les capsules d'étain ont réuni tous les avantages que je désirais ; mais il faut graduer la chaleur, parce que l'acide fluorique se volatilisant à une très-faible chaleur, les capsules vides se fondent. Il faut aussi apporter le plus grand scrupule dans le choix de l'acide ; s'il est altéré par l'acide sulfurique, ce dernier attaque et calcine le métal des capsules, et l'acide fluorique épuise son action sur ces chaux ou oxides, et s'en charge avec excès.

Si on peut parvenir, comme je l'espère, à analyser d'une façon nouvelle par l'acide fluorique les gemmes et autres substances pierreuses, il faudra toujours retrancher des produits le bleu de Prusse, ou prussiate de fer, dont l'acide fluorique est toujours chargé, de même que la chaux ou oxide d'étain et de plomb qu'il aura entraîné dans la distillation. J'ai exposé pendant deux jours, à une chaleur modérée, dans des capsules d'étain, les substances suivantes, recouvertes d'acide fluorique.

	Pesant.	*A pesé après l'opération.*	*Perte.*
Un cristal de topaze de Brésil.	24 grains.	22 grains	2 grains
Une topaze taillée.	2.	2.	0.

	Pesant.	A pesé après l'opération.	Perte.
Une amethiste.	3. gr.	3. gr.	0. gr.
Une opale.	4.	2 1/2	1 1/2
Un morceau de jaspe sanguin.	8 1/2	7.	1 1/2
Jaspe rouge.	5 1/2	4 1/2	1.
Agathe rubannée.	6.	5.	1.
Aventurine vraie, mais de qualité inférieure.	4 1/2	3	1 1/2
Agathe grossière, pierre à fusil.	7.	5 1/2	1 1/2
Deux morceaux feld-spath.	18.	12 1/2	5 1/2
Hyacinthe.	6 1/2	5 1/2	1.
Émeraude du Pérou.	12.	10.	2.
Schorl vert.	8.	7 1/2	1/2
Christal de roche.	3 1/2	3 1/2 dépoli.	

La topaze du Brésil, l'émeraude et l'hyacinte, n'ont point perdu leur poli, et il paraît que leurs angles ont seulement été attaqués.

L'opale a perdu son poli et son chatoyement; sa surface est devenue raboteuse, et elle ressemble à un cristallin épaissi et opaque. L'agathe rubannée a perdu sa transparence et sa belle couleur rouge. L'aventurine ne ressemble plus qu'à un petit morceau de galet gris, et ses points brillans ont disparu (1). Le jaspe sanguin a souffert la plus grande altération; des taches rousses ont succédé aux belles plaques rouges qui lui ont mérité son nom : le verd foncé s'est changé en gris cendré, et sa dureté a diminué, puisqu'on peut le racler avec un couteau; il est devenu très-cassant; sa cassure est cependant d'un vert-brun foncé.

Le feld-spath a été visiblement attaqué, et est resté couvert d'une poussière blanche; il a conservé cependant sa demi-transparence.

Le schorl vert, la tourmaline, le schorl noir, ne paraissent pas être attaqués par l'acide fluorique.

---

(1) Depuis que ces expériences ont été faites, j'ai gravé, par le moyen de l'acide fluorique, des caractères sur le jaspe sanguin et l'agathe.

Un petit cristal hexaedre a perdu son poli, mais n'a point diminué de poids. Un morceau de verre phosphorique, de la plus belle transparence, l'a conservée, et n'a point diminué de poids.

Quatre petits grenats ont perdu de leur poids, et ont acquis une belle couleur rose foncé, leur surface supérieure ayant été enlevée par l'acide.

La zéolithe de Feroé a été dissoute par l'acide fluorique, et a formé une gelée avec lui comme avec les autres acides.

La lave bleue du Vésuve, qui ressemble au lapis, et dont on fait des tabatières à Naples, a été dissoute avec effervescence ; le résidu était un magma noirâtre et spongieux.

L'amianthe soyeuse de Corse a perdu sa souplesse, et est devenue semblable à l'asbeste, dure et cassante comme elle.

Le mica noir a perdu son brillant et son élasticité ; étant desséché, il a pris une couleur gris-noirâtre, et est devenu très-cassant. Le gypse de Montmartre et le grès de Fontainebleau ont été entièrement dissous.

On a pu remarquer, par les expériences rapportées plus haut, que l'acide fluorique attaque plus facilement les pierres siliceuses ; mais je croirais que son action augmente en raison de leur mélange, et par conséquent de la division extrême de la terre siliceuse ; aussi attaque-t-il plus aisément le verre que les cristaux de roche. Il trouve, dans la première substance, la terre siliceuse, déjà atténuée par sa fusion et par son mélange avec les substances alcalines ; elle offre à son action une multitude de surfaces, qu'il a bientôt détruites, et réduites en une poussière légère, d'un blanc éclatant et fusible, par un nouveau mélange avec un alcali.

On avait nié cet effet ; mais la corrosion du verre des cornues ne permit plus d'en douter ; *Macquer* l'attribua à l'acide fluorique, dans l'état de gaz ou fluide aériforme. J'ai vu, dans le laboratoire de M. *de Fourcroi*, un carreau de verre dépoli, et corrodé par le gaz qui s'exhalait d'une cornue, où il y avait un résidu de distillation d'acide fluorique. Etonné de ce prompt et singulier effet, j'ai voulu essayer si je pourrais en obtenir un pareil, de l'acide fluorique combiné avec l'eau. Je l'obtins, et m'assurai alors que l'acide fluorique avait sur le verre une action presqu'égale à celle de l'eau forte et des autres acides, sur le cuivre et les autres minéraux.

Je n'avais plus qu'un pas à faire pour profiter de cette propriété de l'acide fluorique, et le rendre utile aux arts. Imitant le procédé des graveurs sur cuivre à l'eau forte, je couvris une glace d'un enduit de cire, j'y dessinai quelques figures, recouvris le tout d'acide fluorique, et l'exposai au soleil. Je vis bientôt les traits que j'avais gravés se recouvrir d'une poudre blanche, due à la dissolution du verre. Au bout de quatre ou cinq heures, je détachai l'enduit et lavai la glace. Je reconnus, avec le plus grand plaisir, la vérité de mes conjectures, et je m'assurai que, par le secours de l'acide fluorique, un graveur intelligent pourrait graver sur la glace et le verre le plus dur, comme on grave à l'eau forte sur le cuivre.

Mais si mon premier coup d'essai dut m'encourager, il ne m'empêcha pas de remarquer que les traits gravés étaient inégaux et pleins de bavures ; ignorant les premiers principes de la gravure, je ne pouvais pas aspirer à perfectionner cette découverte ; mais je crus devoir remédier aux causes de l'infériorité de mon travail.

La trop grande épaisseur de l'enduit de cire m'avait empêché de donner aux traits dessinés la délicatesse qu'ils auraient dû avoir; l'acide fluorique augmentait en effet par son action leur base, lorsque l'enduit n'était pas sillonné également.

Je reconnus bientôt qu'il fallait employer un vernis qui offrît une surface assez mince, pour supporter aisément les hachures et les autres opérations délicates de la gravure, et en même temps assez solide, pour qu'en s'appliquant exactement sur la glace, il ne fût point soulevé ou détruit par l'action dévorante de l'acide.

La difficulté d'appliquer un corps gras sur la surface du verre, rend très-difficile la réussite de cette opération. Le vernis solide des graveurs m'a assez bien réussi; mais la moindre négligence le rend sujet à s'écailler et à être pénétré par l'acide. Le verre est alors terni; les traits sont baveux et la gravure imparfaite. Je crois donc que pour donner la dernière perfection à la gravure sur verre, il faut nécessairement trouver un nouveau vernis qui ait les qualités que j'ai cru devoir exiger. Je me suis servi, avec assez de succès, du vernis fort des graveurs, décrit dans l'Encyclopédie. Il est fait avec égales quantités d'huile siccative et de mastic en larmes (1). Mais il est difficile à appliquer également,

(1) Persuadé que les huiles ne devenaient siccatives que par leur acidification, par l'oxigène des (oxides) chaux métalliques, sur lesquelles on les faisait bouillir, le précipité rouge me parut l'oxide le plus convenable pour vérifier ma conjecture. J'en mis deux onces dans une cornue, où il y avait de l'huile de lin ordinaire. J'adaptai le tout à un appareil pneumato-chimique, et fis chauffer la cornue; il passa bientôt quelques bulles d'air fixe (gaz acide carbonique). Mais le feu ayant été poussé, l'air se dégageait avec tant de rapidité, et il s'excita un bruit si considérable dans la cornue, que, crainte d'explosion, je fus obligé de déluter le tout; je laissai refroidir la cornue avec précaution. Je

est long à sécher pendant l'hiver, ayant besoin d'être exposé à une forte chaleur, pour lui ôter sa qualité poisseuse.

Je ne donnerai point un détail servile de tous mes essais, mais seulement des procédés qui m'ont paru, jusqu'à présent, les plus utiles.

Avant d'appliquer le vernis sur la glace, on la nettoie bien, et on la chauffe au point de ne pouvoir y tenir la main. On applique légèrement le vernis. On l'unit, en le tamponnant avec de petites balles de taffetas, garnies de coton. On l'expose ensuite à la fumée des petites chandelles de résine, comme en usent les graveurs à l'eau forte pour les planches de cuivre.

Le vernis bien séché, et sa surface bien unie, on y calque, ou l'on y dessine ce qu'on veut graver. Mais la couleur obscure de la glace ne faisant pas ressortir les traits comme ceux qui sont dessinés sur le cuivre, le graveur travaillerait en aveugle, s'il ne soulevait la glace, en l'exposant à la lumière. Cette situation doit nécessairement rendre son travail pénible et difficile; j'ai imaginé, pour le rendre plus aisé, une table, dont le dessus s'élève à volonté en forme de pupître. Au milieu de cette table est enchâssée une glace, sur laquelle le graveur pose celle qui est vernissée et qu'il veut graver. Cette glace étant éclairée par-dessous, les traits que burine le graveur paraissent, et il peut aisément juger de l'effet qu'ils doivent produire.

Les artistes peuvent seuls donner à ces procédés

---

trouvai le lendemain, au fond de la cornue, le mercure revivifié sous la forme de petits globules de couleur grise; l'huile avait une belle couleur rouge, une odeur très-désagréable, et était devenue très-siccative. Je me suis servi de cette huile pour composer mon vernis.

l'extension et la perfection dont ils sont susceptibles. Mais il n'est pas inutile de les avertir des précautions qu'ils doivent prendre, pour ne point perdre dans un moment le fruit d'un travail long et ennuyeux.

Il faut, 1.° connaître la qualité du verre ou de la glace que l'on emploie; 2.° la force et la pureté de l'acide fluorique; 3.° le degré de température de l'atmosphère.

Le verre de Bohême n'est pas d'une qualité égale; les matières dont il est composé n'ont pas subi une fusion assez parfaite pour être exactement mêlées. L'acide fluorique agit sur lui inégalement; les traits qu'il y grave sont raboteux, et ne font un effet agréable que regardés du côté opposé à la gravure.

Le verre anglais, où il entre beaucoup de chaux de plomb, est aisément attaqué par l'acide. Mais la moindre soufflure du vernis laisse pénétrer l'acide; l'oxide, ou chaux de plomb, est attaquée la première, et sa dissolution donne une teinte désagréable au verre. Les glaces sont les substances vitreuses que l'acide fluorique attaque le plus aisément. La terre siliceuse y a été parfaitement élaborée par la cuisson, et l'acide la trouve dans l'état le plus propre a son érosion.

Il faut choisir des glaces dont le reflet soit blanc, et non verdâtre. Les glaces des petits miroirs me paraissent mériter la préférence; les traits qu'y creuse l'acide sont d'une égale profondeur, et n'ont point de bavures.

Il est nécessaire de connaître le degré de pureté de l'acide qu'on emploie. Je me sers toujours de l'acide fluorique, distillé dans une cornue de plomb, selon la méthode que j'ai décrite, marquant cinq degrés à l'aréomètre de *Beaumé*. Celui qui est distillé dans une cornue de verre, étant altéré par l'acide sulfurique, et saturé par la terre siliceuse de la cornue, son action est moins forte et moins égale.

Quand le thermomètre de *Réaumur* marque seize degrés à l'ombre, dans un temps clair et serein, si on expose au soleil la glace vernie, recouverte par l'acide, elle est gravée au bout de cinq ou six heures : on le reconnaît bientôt à la poussière blanche qui recouvre les traits que l'on avait gravés sur le vernis. En hiver, la glace n'est que légèrement attaquée au bout de quatre jours, et l'opération ne s'achèverait pas, si on n'aidait l'action de l'acide par une chaleur douce et modérée, telle que celle d'une étuve ou d'un four. Il ne faut point chauffer la glace par-dessus, parce que le vernis se ramollit et s'écaille; l'acide pénètre partout, et on ne fait que dépolir la glace, sans obtenir aucun dessin régulier.

On peut graver sur verre, et en demi-relief et en creux. Quand on veut graver en demi-relief, on enlève avec un gratoir le vernis qui recouvre le fonds où sont tracées les figures; on l'arrose d'acide fluorique, qu'on étend également avec un pinceau. La chaleur du soleil aidant l'acide, le verre est bientôt recouvert d'une pellicule blanche, qu'on enlève, en refournissant du nouvel acide, jusqu'à ce qu'on juge le fonds assez creusé, pour que les figures tracées aient un demi-relief. Quand on veut dépolir des glaces, on peut se servir du même procédé.

Pour graver en creux, on entoure la glace vernie d'une bordure de cire à graveur, et on suit exactement les procédés du graveur à l'eau forte.

On découvre un coin de la gravure pour juger de

son état. Si on croit l'opération finie, on enlève l'acide, qui peut servir plus d'une fois, et on fait sécher et égoutter la glace, après l'avoir lavée deux ou trois fois avec de l'eau claire pour enlever l'acide surabondant. On détache ensuite le vernis avec un linge rude, imbibé d'esprit de vin, et on nettoie la glace avec de la craie réduite en poudre très-fine.

M. *de Fourcroi*, dans ses Elémens de chimie, nous dit que l'acide fluorique n'a été employé à aucun usage, mais que sa propriété de dissoudre la terre siliceuse le rendra très-utile. J'ai commencé à remplir une partie de la prédiction de cet habile chimiste, en appliquant cet acide à la gravure sur verre. On peut aisément le rendre utile à la physique, en s'en servant pour dépolir les glaces et les instrumens d'eudiométrie, et pour graduer les instrumens auxquels on a jusqu'à présent adapté des graduations de bois et de cuivre, dont l'effet est toujours infidèle. Peut-être même pourra-t-on un jour employer des glaces épaisses, ou des massifs de verre pour la gravure des estampes, des cartes de géographie, etc. J'ai essayé de graver en taille douce avec des glaces gravées par l'acide fluorique, j'ai obtenu deux épreuves, mais à la troisième pression la glace se cassa. Pour éviter cet inconvénient, on pourrait en employer de telle épaisseur qu'elles pourraient résister à la presse. Elles auraient l'avantage de ne point s'user; toutes les épreuves seraient de même force, et ces planches passeraient à la postérité, sans craindre d'être détruites ou dévorées par la rouille.

Depuis l'insertion de ce mémoire en 1788, dans le Journal de physique, j'ai adopté la méthode de graver sur le verre par le gaz fluorique dégagé du fluate de chaux, par l'action de l'acide sulfurique. Le procédé est très-simple, et l'opération se fait dans un temps assez court, mais proportionné à la qualité du verre employé, ou plutôt à la division, et l'atténuation plus ou moins forte de la terre siliceuse qui entre dans sa composition.

On place une capsule de terre, remplie de spath fluor en poudre, sur un petit fourneau garni de charbon; on y projette de l'acide sulfurique, et on place au-dessus un tuyau de tôle ou de toute autre matière de 2 pieds et demi de hauteur, sur 6 pouces de largeur. On laisse dégager les premières vapeurs qui s'élèvent du mélange; lorsqu'elles deviennent piquantes, on place au-dessus du tuyau, de manière à le fermer exactement, la glace vernissée, où l'on a découvert avec le burin les traits que l'on veut graver. On reconnaît que l'opération réussit, lorsque par l'action du gaz les traits gravés perdent leur transparence, deviennent visibles sur la surface supérieure de la glace. Tout est ordinairement terminé dans quinze ou vingt minutes, sur une glace coulée; mais lorsque l'on emploie une glace souflée, l'opération dure ordinairement quarante minutes; sur le verre ordinaire elle dure plus long-temps, et quelquefois fait peu ou point d'impression.

Ce qui prouve de plus en plus que l'acide fluorique n'agit sur la terre siliceuse qu'autant qu'elle est extrêmement atténuée et presque divisée, c'est qu'il n'a pas d'action sur le cristal de roche, qui paraît être la terre siliceuse dans son plus grand état de pureté.

L'auteur de ce mémoire fit ses premières expériences sur la gravure sur verre par l'acide fluorique, à Toulouse, le 17 de mai 1787. Il ignorait que dans les Annales chimiques, publiées en allemand par M. *Crell*, en l'année 1786, tome 2, pag. 294, on avait inséré un procédé de M. le comte de *G.*, pour graver sur verre par l'acide fluorique. M. le sénateur *Bertholet*, et les autres commissaires de l'Académie des sciences lui ont rendu cette justice : voici le procédé de M. le comte de *G.*

Il enduisait son plateau de cire fondue ou de vernis de graveur ; lorsque cet enduit était durci, il faisait le trait avec une échoppe ; il entourait ensuite ce trait d'un petit rebord de cire, après quoi il versait dessus un mélange de parties égales d'acide sulfurique et de fluate calcaire pulverisé, préparé à l'instant très-promptement pour empêcher l'évaporation ; il couvrait le plateau d'une assiette de porcelaine ; au bout d'un ou deux jours il levait l'appareil, et trouvait le trait parfaitement gravé.

Je n'ai point répété ce procédé de M. le comte de *G.* qui a eu en Allemagne la priorité de l'idée que j'ai eue en France ; mais il me paraît difficile que ce procédé puisse réussir, parce qu'on se sert d'un acide fluorique faible, altéré par son mélange avec l'acide sulfurique, et que le sulfate de chaux, qui se forme pendant l'opération, doit nécessairement couvrir les traits gravés par l'échoppe, les rendre inégaux et baveux. Par le procédé du gaz acide fluorique, on grave des sujets complets, et j'avais déposé en 1788, au cabinet de l'Académie des sciences de Paris, une gravure sur verre, représentant la Chimie et le Génie, pleurant sur le tombeau de *Scheele* : c'est à ce chimiste immortel qu'est véritablement due la découverte, et M. de *G.* et moi n'avons eu que le faible mérite d'appliquer aux arts, lui en Allemagne, et moi en France, une propriété de l'acide fluorique que *Scheele* avait le premier reconnue.

NOUVELLE MÉTHODE
DE FAIRE LES CIMENS
POUR LES TERRASSES,

En employant du Goudron liquide, pour les rendre imperméables à l'eau et inattaquables à la gelée.

Pour obtenir un ciment de bonne qualité, on emploie les différens corps, qui, par leur aggrégation avec la chaux, absorbent promptement l'eau surabondante, et fournissent aux particules de chaux répandues dans le ciment, l'acide carbonique, nécessaire pour les solidifier et les régénérer en terre calcaire.

Les laves vitrifiées, les pouzzolanes naturelles et artificielles, les scories des fourneaux, les briques pilées, la terre des os, ont été les bases de tous les cimens, et on en a obtenu de plus ou moins solides; les cimens ainsi composés, ont parfaitement réussi dans les parties méridionales de l'Europe, n'étant presque jamais exposés à la pluie; ils n'ont point absorbé l'humidité extérieure; la gelée et le dégel n'ont pu dilater leurs pores et briser leur aggrégation.

Les cimens de l'Italie, de l'Afrique, de l'Espagne et des autres pays chauds, réunissent toutes les qualités que peut désirer l'observateur le plus exact; mais, dans nos climats pluvieux, exposés à des gelées très-fortes, on doit exiger, dans les cimens, une qualité plus essentielle que la dureté et la solidité, c'est l'imperméabilité.

Les cimens composés de corps poreux, ne peuvent avoir cette qualité; durs, et offrant la plus grande solidité pendant l'été, les pluies de l'automne les pénètrent peu à peu d'une humidité insensible, une forte gelée suivie d'un prompt dégel, réduit en poudre cette masse, qui, peu de temps auparavant, offrait l'apparence de la plus grande dureté.

L'interposition d'un corps gras avait déjà été employée pour rendre les cimens imperméables; *Pline*, *Vitruve*, recommandent la crasse de l'huile, l'huile même, mais ces corps employés seuls, ne peuvent remplir l'objet désiré. L'huile avec la chaux du ciment, forme un corps savonneux, dissoluble dans l'eau; la crasse de l'huile contient une très-grande quantité de mucilage que l'eau dissout et entraîne.

Pour conserver les fonds des vaisseaux, et les rendre imperméables à l'eau, on emploie les corps résineux, et sur-tout le goudron liquide; j'ai pensé devoir enduire mon ciment avec le goudron liquide, bouillant; ce corps résineux pénètre les pores du ciment, et le rend imperméable à l'eau.

Il se présentait un inconvénient dans l'usage du goudron, c'est sa qualité poisseuse et son ramollissement pendant les chaleurs de l'été. J'ai remédié en projetant sur ce goudron de la chaux en poudre; cette chaux se combine avec le goudron, et forme, sur le ciment, une couche extérieure de nouveau ciment, ressemblant au fameux ciment des Romains, appelé *Malta*. On peut aussi mêler le goudron chauffé légèrement avec du brun-rouge.

Tout le mérite de mon travail se réduit simplement à avoir employé, pour préserver les cimens, et les rendre imperméables, un corps résineux capable de les pénétrer, d'en boucher les pores, et indissoluble par l'eau, après son mélange avec la chaux, ou le brun-rouge.

Je donnerai la méthode que j'emploie pour faire mon ciment, mais en ajoutant qu'il ne peut exister une méthode unique de composer les cimens; pour qu'elle existât, il faudrait qu'il y eût partout la même pierre à chaux et des sables de même qualité; c'est donc à l'observateur à examiner la nature de la composition de la chaux qu'il emploie, et sur-tout la pureté plus ou moins grande du sable et des matières siliceuses; il pourra alors varier les doses des matériaux de son ciment.

Toutes les méthodes de faire les cimens exigent en général que les pouzzolanes, briques pilées, scories, soient réduites en poudre fine, et tamisée. Cette précaution est essentielle dans les cimens, quand ceux-ci ne doivent pas être enduits d'un corps résineux; leur surface est plus unie et plus serrée; et l'humidité les pénètre moins. Cet avantage est bien compensé par les fentes et les gerçures que cause le retrait de la pâte du ciment; ce retrait est nul dans ma méthode de faire le ciment, parce que j'emploie toutes les matières dures, cassées grossièrement et en morceaux, de la grosseur de grains de blé, et souvent comme des pois : ces morceaux ainsi concassés, offrent une grande quantité de cavités et d'angles où pénètre la partie calcaire, ce qui forme une espèce de chaîne continue, qui empêche le retrait et les fendillemens, si nuisibles aux cimens. La chaux que j'ai employée se fabrique avec de la pierre calcaire, dure et blanche du côté de Cazères, dans le département de la Haute-Garonne; cette chaux se dissout avec bouillonnement et une très-grande chaleur, et offre, après sa dissolution, une pâte blanche, sans aucun mélange de parties graveleuses; elle est susceptible d'*avaler*, comme disent ici les maçons, beaucoup de sable et autres matières dures, mais elle est moins solide à l'air que la chaux maigre, qui, faite avec une pierre marneuse, contient dans sa composition beaucoup de parties argileuses cuites et vitrifiées, qui la rendent de la plus grande solidité, dans son emploi à l'air et dans l'eau. Cette chaux, dite dans le pays chaux de Bourret, exige peu de sable dans son emploi, parce que les parties terreuses, calcinées et vitrifiées qu'elle contient, forment déjà avec elle un mélange intime ou espèce de ciment; aussi cette chaux dissoute dans l'eau et oubliée, acquiert dans peu de temps la dureté de la pierre.

J'avais donc à employer une chaux parfaitement pure, sans mélange interne de parties héterogènes, mais aussi très-difficile à employer d'une manière solide à l'air extérieur.

Je reconnus qu'un cinquième de chaux était suffisant pour donner au ciment le liant nécessaire pour envelopper toutes les parties vitrifiées et siliceuses d'une couche calcaire, et former par conséquent un enduit de la plus grande solidité.

Voici le détail du procédé que j'ai employé pour former sur un plancher, construit depuis deux cents ans, et dont les solives sont très-éloignées, une terrasse de 40 toises carrées qui existe, et a résisté à quatre hivers rigoureux et à nos étés brûlans.

Il

Il est une précaution que je n'ai pas prise, et dont l'oubli m'a causé beaucoup d'embarras, c'est de piler la chaux en pierre avant de l'employer; celle-ci se dissout dans l'eau quand elle est en pierre : mais il arrive que certaines pierres étant moins calcinées les unes que les autres, leur noyau ne se dissout pas dans l'eau, et se pénètre seulement d'humidité. Dans l'emploi, il se confond avec les graviers et matières siliceuses employées pour le ciment ; au bout de quelques jours le ciment se fend en petits éclats, et on retrouve le morceau de chaux qui n'a pas été dissoute, augmenté de volume et presque en état de chaux éteinte à l'air.

On prend deux mesures de cailloux de rivière bien lavés, ou des fragmens de brique de la grosseur d'une noisette, deux de tuileau et de mâchefer pilés grossièrement, une de sable de rivière parfaitement lavé, et une mesure de chaux de Cazères, sortant du four et pilée.

On forme un cercle avec le sable, on jette dans ce rond la chaux que l'on éteint, ayant soin de la bien broyer avec la pioche ; quand la chaux est bien délayée, on la laisse en cet état trois heures, afin que toute la chaux soit bien dissoute ; on mêle alors peu à peu les cailloux de rivière, le machefer, le tuileau et le sable ; on corroye alors ce mortier pendant une demi-heure à force de bras, afin de ne pas laisser une seule pierre siliceuse ou fragment de tuileau, qui ne soit parfaitement incorporée (1).

---

(1) Quand le ciment est presque fini, on y jette dessus de la chaux vive en poudre, un boisseau environ ; le mortier devient alors très-difficile à remuer, et on y jette une ou deux pintes de lait de chaux, qui en pénètre et cimente toutes les parties.

Telle est la manière dont je prépare le ciment; il existe deux manières de l'employer, ou dessus le carrellement de brique, ou par dessous; elles m'ont réussi toutes les deux : la première paraît plus solide la première année, tandis que l'autre laisse filtrer les eaux pluviales, mais au bout d'un certain temps, elle réunit la solidité la plus parfaite.

La chaux détruisant les bois sur lesquels on place du mortier, quand on veut faire une terrasse sur un plancher, il faut le carreller grossièrement en brique avec du mortier de terre et sable; quand ce carrellement est sec, on place sur ce carrellement un nouveau fait avec un mortier à chaux et sable assez gras; il n'est pas nécessaire que la brique soit taillée, et il faut que la surface supérieure soit raboteuse, ou piquée avec le ciseau; on donne à ce pavé une pente suffisante pour l'écoulement des eaux.

Au mois de juillet, quand les deux carrellemens sont bien secs, on compose le ciment, et on a soin, avec le tranchant de la truelle, de le battre, comme qui hache des copeaux. On ramène le ciment avec la truelle, dont on mouille légèrement le dos; on comprime de nouveau la surface du ciment, pour enterrer les parties les plus grossières, et unir la surface; quand la première bande est finie, on procède à la seconde, et on a le plus grand soin de bien réunir les deux bandes, afin d'empêcher tout retrait.

Le ciment se sèche bientôt, et au bout d'une heure il peut supporter une forte pression. On attend cependant sept à huit heures, après lesquelles on mouille légèrement la surface du ciment, et avec des cailloux plats on la comprime, et on la resserre comme qui polit du marbre ; cette dernière précaution est essentielle, et la solidité du ciment dépend du soin avec lequel cette dernière opération est faite ; le ciment étant ainsi composé, son aggrégation devient plus forte, et ses pores sont moins nombreux et plus rapprochés.

Pour que le ciment réussisse parfaitement de la manière décrite ci-dessus, on l'applique en bandes de deux pieds de largeur : deux ouvriers suffisent ; on donne deux pouces et demi à trois pouces d'épaisseur à cette couche de ciment ; on mouille le carreau sur lequel on l'applique, avec du lait de chaux vive ; et avec la truelle on serre fortement le ciment contre le carreau : il faut le faire pendant les grandes chaleurs de juillet, afin qu'il ait le temps de resuer l'eau surabondante à sa composition, et qu'il soit parfaitement sec avant les pluies de l'automne.

A la fin d'août, on fait bouillir du goudron liquide, tel qu'on l'emploie pour goudronner les vaisseaux, et on l'étend sur le ciment avec des torchons au bout de grands bâtons.

Cet enduit rendrait la terrasse impraticable pendant l'été par sa qualité poisseuse, si on n'y remédiait par le procédé suivant.

On prend de la chaux éteinte à l'air, et réduite en poudre fine ; on la jette sur le goudron, et avec un balai, on enlève toute celle qui n'est point happée par le goudron ; cette chaux se combine avec le goudron, et forme avec lui une couche de ciment très-mince, semblable au malta des romains.

Au commencement d'octobre, on passe une nouvelle couche de goudron et de chaux. On mêle aussi le goudron chauffé avec du brun-rouge, et on l'étend avec une brosse.

La seconde manière d'employer le ciment, est de le placer immédiatement sur le carrellement en brique et mortier de terre, et de le recouvrir ensuite d'un pavé de brique à mortier de chaux et sable.

J'ai deux terrasses de 15 toises de longueur sur une et demie de large, et elles me paraissent de la plus grande solidité; elles n'ont pas la beauté de celles où le ciment recouvre la brique, mais elles peuvent supporter toute pression et frottement quelconque.

Après avoir fait le carrellement en mortier de terre et sable, on étend au-dessus une couche de quatre pouces de ciment, bien corroyé, où l'on a ajouté des cailloux un peu plus gros que ceux employés dans le ciment précédent, et on augmente la dose de chaux en proportion. Alors avec des masses, comme celles dont on se sert pour unir les allées du côté de Paris, on bat le ciment; on le laisse sécher ainsi pendant un mois, après quoi on mouille sa surface avec du lait de chaux, et on pose les briques avec du bon mortier à chaux et à sable.

Il n'est pas nécessaire que ces briques soient taillées; j'ai remarqué que la taille ôtait aux briques leur solidité, en enlevant la surface latérale, à demi-vitrifiée; il ne reste plus au-dessous qu'une surface terreuse, bientôt pénétrée d'humidité, et qui est détruite aisément par la gelée.

On a soin de garnir les joints avec du bon mortier à tuileau, qu'on serre et qu'on polit avec la truelle, et on les goudronne avec soin.

Les terrasses faites de cette manière, laissent filtrer l'eau pendant quelque temps en petite quantité; cette eau chargée de parties calcaires bouche les porés du ciment : il n'existe plus de filtration, et ces terrasses offrent la plus grande solidité, et plus d'économie dans leur construction.

Ces deux terrasses existent en ce moment (avril 1811); ayant été obligé de faire sortir des pièces de bois mangées des vers, on a pu les remplacer sans employer aucun étai, le ciment ayant pris corps et formant voûte.

On peut employer avec succès ce ciment pour l'intérieur des appartemens; il supplée avec avantage aux pavés de brique taillée, et coûte deux tiers moins cher.

On l'étend à l'épaisseur de 6 à 9 lignes sur un pavé de briques raboteuses ou piquées avec l'outil; on supprime les cailloux, que l'on remplace par des tuileaux et du mâchefer pilés grossièrement; on le comprime et on le polit avec des cailloux plats; mais il faut, avant de le peindre, le laisser sécher pendant un mois. On le peint et on le cire, comme les carreaux de brique.

Voilà les détails de la composition du ciment que j'ai employé, et qui m'a parfaitement réussi. Mais, je le répète, les doses que j'indique doivent être variées à proportion de la plus grande ou moindre pureté de la chaux, et des autres matériaux que l'on emploie, et l'usage du goudron est de rigueur pour empêcher l'infiltration des eaux, et la destruction du ciment par la gelée.

Je soussigné, ingénieur en chef des ponts et chaussées au département de la Haute-Garonne, membre de l'Athénée de Toulouse, certifie avoir, en qualité de commissaire dudit Athénée, vérifié et examiné, avec feu le citoyen Gleises, *le ciment que le citoyen* Casimir

Puymaurin *a employé pour la couverture des terrasses de sa maison, située près l'Observatoire national, et avons constaté, dans un rapport fait à ce sujet à l'Athénée, les procédés mis en œuvre par ledit citoyen* Puymaurin, *dont la bonté et les avantages paraissent démontrés et couronnés par une pratique et une expérience soutenue depuis l'établissement desdites terrasses, construites depuis quatre ans sur de vieux planchers.*

Fait à Toulouse, le 24 messidor an 10 de la République Française.

LAUPIES.

FIN.

Permis d'imprimer. A Toulouse, le 21 Avril 1811.

Par délégation du Préfet:

Le Secrétaire général de la Préfecture,

P. F. DANTIGNY.

TABLE DES MATIÈRES.

Fin de la Table.

www.ingramcontent.com/pod-product-compliance
Ingram Content Group UK Ltd.
Pitfield, Milton Keynes, MK11 3LW, UK
UKHW021822190726
13853UKWH00003B/1134